Für Lizzy von Mutsch

In dieser Reihe erschienen:

ISBN 978-3-649-61532-3

FSC
www.fsc.org
MIX
Aus verantwortungsvollen Quellen
FSC® C022120

5 4 3 2 1
ISBN 978-3-649-61917-8

Hafenweg 30, 48155 Münster

Text: Andrea Russo
Dieses Werk wurde vermittelt durch die Literarische Agentur
Thomas Schlück GmbH, 30827 Garbsen
Illustrationen: Elisabeth Bruder
Lektorat: Eva Philippon, Sara Mehring
Satz: Helene Hillebrand
Printed in Slovakia

www.coppenrath.de

Das ebook erscheint unter der ISBN: 978-3-649-66794-0

Andrea Russo

Das Rätsel von
Internat Bernstein

Mit Illustrationen von
Elisabeth Bruder

COPPENRATH

Wie ein bunter Hund

»Ommmmmm.«

Das darf doch nicht wahr sein! Was ist das denn?

»Ommmmmmmmmmmm.«

Wo kommt denn dieses merkwürdig brummende Geräusch her? Ist das vielleicht Shantis Wecker? Müde rolle ich mich auf die andere Seite und werfe einen Blick rüber zu ihrem Bett. Es ist leer. Meine Zimmergenossin sitzt mit geradem Rücken und geschlossenen Augen im Schneidersitz auf dem Boden, ihre Hände hat sie mit nach oben gedrehten Handflächen auf ihre Knie gelegt.

»Ommmmmmmmmmmmmm.«

Shanti ist der Wecker! Sie brummt in einem tiefen Ton gleichmäßig vor sich hin. Das darf doch wohl nicht wahr sein! Wenn sie noch einen Ton von sich gibt, dann fliegt das Kissen! Vorsorglich greife ich schon mal nach einem Zipfel. Aber Shanti *omt* nicht mehr. Sie öffnet ihre Augen und strahlt mich an.

»Guten Morgen«, flötet sie. »Ich hoffe, ich hab dich nicht geweckt.«

Anstatt das Kissen zu schmeißen, ziehe ich es mir über den Kopf. Aber das scheint Shanti nicht zu stören. Sie steht auf und setzt sich zu mir an die Bettkante.

»Dein Wecker klingelt sowieso gleich.« Sie zieht mir erbarmungslos das Kissen weg.

Und da macht es auch schon laut und schrill: piep, piep, piep – piep, piep, piep! Nur zwei Sekunden später ertönt von draußen ein lautes Kikeriki ins Zimmer herein. Shanti sieht aus dem Fenster. »Und Sir James ist auch schon lange wach. Er hat mittlerweile dreimal gekräht, aber du hast geschlafen wie ein Stein!«

»Ich dachte, der doofe Gockel gibt sein Morgenkonzert nur auf dem Schlosshof zum Besten«, maule ich. »Ob der Pinguin ihn extra durch ganz Europa jagt, damit bloß niemand verschläft?«

Hier im Internat haben die einzelnen Wohnhäuser Ländernamen. Unser kleines Schlossdorf heißt Europa. Schon verrückt! Ich wohne in Italien, und wenn ich meinen Kumpel Theo besuchen will, bin ich in zwei Minuten in England, wo die Jungs aus unserer Klasse wohnen. Und ... plötzlich muss ich grinsen, weil ich an meine erste Begegnung mit Shanti und Theo denken muss. Es war Theo, der unserer Schulleiterin Frau Kuhn den Namen »Pinguin« verpasst hat, weil sie in ihrem komischen grauen Kleid so streng und aufrecht die Begrüßungsrede gehalten hat.

»Ach komm, eigentlich ist der Pinguin doch ganz in Ordnung. Immerhin hat sie uns erlaubt, dass wir zusammen in ein Zimmer dürfen«, sagt Shanti und öffnet das Fenster. »Außerdem ist total schönes Wetter draußen. Guck mal, die Sonne steht schon am Himmel. Und die Frösche geben extra ein Konzert für dich.«

Quak, quak, tönt es von draußen herein.

»Jetzt komm schon, mach mal ein nettes Gesicht!« Shanti strahlt mich noch immer an.

Normalerweise bin ich kein Morgenmuffel. Aber heute ist das anders. Die letzten Nächte sitzen mir anscheinend noch in den Knochen. Außerdem habe ich auch diese Nacht nicht gut geschlafen, weil ich irgendwann zwischendrin noch mal aufgewacht bin und wieder an Kira denken musste.

Meine beste Freundin zu Hause in Bottrop weiß nämlich noch nicht, dass ich freiwillig im Internat bleiben will, obwohl wir noch vor ein paar Tagen den ultimativen Fluchtplan geschmiedet haben. Das verzeiht sie mir nie. Und Luca und Noah? Die verstehen das schon mal gar nicht. Für die beiden gibt's nichts Schöneres als Bottrop, Fußball und die Villa, das knallrote Gartenhäuschen von Kiras Opa, in dem wir schon so manches ausgeheckt haben. Bei dem Gedanken an unsere gemütliche Hütte wird mir ganz mulmig zumute. In der nächsten Zeit werden sich die drei immer allein dort treffen müssen.

Auf einmal bin ich mir gar nicht mehr so sicher, ob ich mich wirklich richtig entschieden habe. Mein skeptischer Blick fällt auf Shanti. Sie trägt ein knallgelbes T-Shirt, auf dem eine goldene Sonne prangt. *Carpe diem* steht in geschwungener Schrift darauf. Den Spruch kenne ich, den bringt Oma auch immer. *Carpe diem,* nutze den Tag. Ich würde aber viel lieber in den Federn liegen bleiben.

»Hast du das da etwa selbst draufgeschrieben?«, frage ich nun.

Shanti bringt sich neben meinem Bett in Position und breitet die Arme aus. »Ja, mit einem Textilschreiber. Bei mir wird jedes T-Shirt mit einem besonderen Spruch versehen. Gefällt es dir?«

Etwas ungewöhnlich, aber gar nicht schlecht. Zumindest hat Shanti ihren ganz eigenen Stil. Langsam gewöhne ich mich an ihren seltsamen Klamottengeschmack. Zu ihrem Shirt trägt sie eine olivgrüne Haremshose, die an den Knöcheln ganz eng ist, ihr aber ansonsten ewig weit um den Körper schlackert. Um ihre Hüften hat sie ein lilafarbenes breites Dreieckstuch mit Fransen geknotet, dessen Spitze an einer Seite herunterhängt.

Ihre Zöpfe hat sie neu und sehr stramm geflochten, sodass sie seitlich fast senkrecht vom Kopf abstehen.

»Du siehst aus wie eine Mischung aus Pippi Langstrumpf und Aladin aus der Wunderlampe. Aber nicht schlecht. Hat was!« Ich stehe auf und gehe ins Bad. In der Tür bleibe ich kurz stehen. »Sag mal, brummst du mich jetzt jeden Morgen wach?«

»War ich zu laut? Ich beginne den Tag immer mit einem Sonnengruß, dann singe ich dreimal das OM, um meinen Körper, meine Seele und meinen Geist in Harmonie zu bringen. Das musst du mal versuchen, davon wird man viel gelassener. Man sieht alles positiver. Und man bekommt auch voll die gute Laune!«

Eins muss ich Shanti lassen, sie strahlt wirklich über das ganze Gesicht. »Das sieht man.« Ich lächle sie an, bevor ich die Tür hinter mir zuziehe.

Ein wenig schräg ist Shanti schon, aber ich will jetzt nicht meine komische Laune an ihr auslassen. Schließlich kann sie kein bisschen was dafür, dass ich mich in dieser doofen Zwickmühle befinde. Ich möchte wirklich gern hierbleiben, will aber auch meine Freunde in Bottrop nicht enttäuschen. Die Suppe habe ich mir ganz allein eingebrockt, weil es mir hier im Internat Bernstein einfach zu gut gefällt.

Ich springe schnell unter die Dusche und beschließe, auch ohne morgendliches Brummen, erst mal alles positiv zu sehen. Gleich treffen wir auf die Jungs: Theo, Sam, Jakob und Clemens. Bei dem Gedanken an Clemens muss ich wieder grinsen. Mir gefällt der Name Lord Schnullerbacke, den Shanti ihm gegeben hat, nachdem er uns erzählt hat, dass er mit der Gründerin des Internats verwandt ist. Und dann hat Clemens auch noch ganz nebenbei erwähnt, dass in der Bibliothek seiner Eltern Schloss-Pläne mit einem unterirdischen Geheimgang rumliegen. Theo hat geguckt wie ein Auto. Jungs! Bestimmt werden sie Clemens jetzt so lange bearbeiten, bis er die Pläne von zu Hause gemopst und hierhergeschafft hat.

»Echt irre, dass Lord Schnullerbacke ein Nachfahre von Lady Rosalyn ist«, sage ich, als ich im Bademantel wieder ins Zimmer komme. Shanti packt gerade ihre Schultasche. Sie ist so konzentriert, dass sie mir gar nicht antwortet. Auch dass ihr Handy klingelt, bekommt sie nicht mit.

»He!« Ich schubse sie leicht an. »Willst du nicht rangehen?«

»Wieso ich?«, antwortet sie abwesend und stopft ein buntes Schulmäppchen in ihre Tasche. »Kannst du das nicht selbst?«

Bis ich verstanden habe, was Shanti damit meint, hat das Klingeln aufgehört.

Das war mein neues Handy! Ich hab den Klingelton erst gestern eingestellt, der ist für meine Ohren noch total ungewohnt.

Es war ganz bestimmt meine Mutter. Sie ist die Einzige, die meine neue Nummer kennt. Ob ich sie sofort zurückrufe? Nein, am besten ziehe ich mich erst mal an und klingle später in Ruhe durch.

»Ich geh schon vor und halte dir einen Platz beim Frühstücken frei, ja?«

»Okay, ich beeil mich.«

Jeans, T-Shirt, Sneaker, alles ganz schnell und schlicht. Und ich brauche nur fünf Minuten, bis ich fix und fertig bin. Von Schminke halte ich genauso wenig wie Shanti. Meine Haare muss ich nur kurz durchwuscheln und meine Tasche habe ich gestern Abend schon gepackt. Ich greife noch schnell nach meinem Handy, damit ich in der Pause telefonieren kann. Doch als ich es in meiner Tasche verschwinden lassen will, vibriert es. Mutsch hat mir eine Textnachricht geschickt.

Bin stolz auf dich! Hab gestern Abend noch mit Frau Mattuschek tel. Schick dir gleich Kiras Handynummer. Schlieb! Mutsch.

Sie hat mit Kiras Mutter telefoniert? Mist! Noch während ich darüber nachdenke, was sie ihr alles berichtet haben kann und dass meine beste Freundin vielleicht schon längst weiß, dass ich vorerst nicht nach Bottrop zurückkommen werde, vibriert mein Handy erneut. Kiras Nummer ist bei mir angekommen. Aber ich muss unbedingt wissen, was meine Mutter alles erzählt hat, bevor ich selbst mit Kira spreche.

»Mutsch?« Meine Mutter geht zum Glück sofort ran, als ich sie anrufe.

»Hallo, Schatz, das ist aber schön, dass du gleich zurückrufst. Wie geht es dir denn? Hast du gut geschlafen? Ist das Mädchen netter, mit dem du dir jetzt das Zimmer teilst? Und wie hast du dein kleines Abenteuer verdaut? Es ist doch hoffentlich alles gut bei dir?«

Meine Mutter lässt mich gar nicht zu Wort kommen, also unterbreche ich sie schnell. »Ich hab nicht viel Zeit, Mutsch, ich muss zum Frühstück. Und danach zum Unterricht. Shanti ist total lieb. Das klappt viel besser mit uns. Und ansonsten ist auch alles in Ordnung. Aber sag mal ... Was hast du denn Kiras Mutter erzählt?«

Mutsch lacht. »Natürlich nichts. Ich hab mir doch gedacht, dass du deinen Freunden lieber selbst von deiner tollen Rettungsaktion berichten willst. Nur dass dein Handy ins Wasser gefallen ist, habe ich verraten. Damit sie weiß, dass sie dich momentan nicht erreichen kann. Alles andere kannst du ihr selbst erzählen. Kira brennt bestimmt schon darauf zu erfahren, wie das passiert ist.«

»Ach so, ja ... und hast du auch gesagt, dass ich hierbleiben will oder so was in der Art?«

»Nein. Wieso? Die vier Wochen sind ja noch gar nicht rum. Du hältst dich doch an unsere Abmachung, oder hast du dich etwa schon entschieden? Du weißt doch, dass alle neuen Schüler die ersten vier Wochen nicht nach Hause dürfen, auch nicht übers Wochenende. Das ist Tradition auf Bernstein. Und wenn andere das schaffen, schaffst du das schon lange.«

Ich bin ja sooo doof! Mutsch weiß doch gar nichts von meinem ursprünglichen Plan, nach drei Tagen hier wie-

der abzuhauen. Und die Blumenthal und die Kuhn haben ihr anscheinend nichts davon gesagt. Das ist gut! Kira wird bestimmt damit klarkommen, wenn ich ihr erzähle, dass meine Mutter auf die Abmachung besteht, dass ich mir hier vier Wochen lang alles anschaue. Und bis dahin kann ich mir immer noch überlegen, wie ich Kira schonend beibringe, dass ich doch hierbleiben möchte – wenn ich das dann immer noch will.

»Ach nein, entschieden habe ich mich noch nicht wirklich«, sage ich taktisch klug und schnaufe erleichtert auf. »Aber jetzt muss ich wirklich los. Ich meld mich später noch mal.«

»Okay, mein Schatz! Viel Spaß auf eurer einsamen Flussinsel.«

Wirklich einsam ist es hier ja nicht. Von allen Seiten strömen Schüler aus den Häusern in Richtung Kantine. Aus England kommen die Jungs unserer Klasse, aus Portugal die aus der Parallelklasse. Spanien ist auch schon unterwegs. Das sind die Jungs der achten Klasse.

Die meisten anderen kenne ich noch nicht. Aber die mich! Ich bin hier offenbar schon bekannt wie ein bunter Hund. Alle haben mich gestern in der Aula gesehen, als ich gemeinsam mit Sam die Goldene Rose für besondere Leistungen und Taten verliehen bekommen habe. Und alles nur, weil ich diesen total hirnverbrannten Streich der Achtklässler gestoppt habe und den armen Clemens wieder aus dem Fluss gezogen habe. Viele grüßen mich oder lächeln mich an, manche tuscheln auch. Aber das ist mir egal. Ich habe hier in sehr kurzer Zeit ein paar wirklich nette Freunde gefunden. Damit habe ich vor meiner Ankunft überhaupt nicht gerechnet. Ich bin schwer davon ausgegangen, dass hier im Internat nur eingebildete Schnösel wohnen.

»Paulina!«, ruft mir ein blonder Typ zu, als ich am Kantineneingang stehen bleibe. Es ist Theo. Er springt von einem der Tische auf und winkt mir hektisch zu. »Hier sind wir!« Unfassbar, dass ich ihn erst vor drei Tagen auf der Fähre beim Übersetzen auf die Insel kennengelernt habe.

Clemens, Jakob und Sam sitzen bei ihm am Tisch. Daneben sehe ich Larissa und Miu. Larissa hat ihre langen Beine elegant übereinandergeschlagen und lächelt vor sich hin, während Miu die ganze Zeit auf sie einredet und wie wild auf ihren mit verschiedenen Leckereien angehäuften Teller deutet, ganz so, als würde sie ihn Larissa verkaufen wollen. Auch Shanti hat ordentlich zugeschlagen, wie man unschwer erkennen kann, als sie ihr voll beladenes Tablett bei den anderen am Tisch ablädt.

Wir werden hier alle kugelrund werden, denke ich.

Prompt fängt mein Magen laut an zu knurren. Ich winke Theo kurz zu, dann stelle ich mich vor dem Buffet hinten in der Schlange an. Ich freue mich auf das Frühstück mit meinen neuen Freunden. Als mir jemand auf die Schulter tippt, drehe ich mich gut gelaunt um. Doch damit habe ich nicht gerechnet: dunkle Augen, ein blasses Gesicht, das von braunen Locken umrahmt wird. Prince!

Meine gute Laune verflüchtigt sich augenblicklich wieder.

»Ich wollte mich noch mal bei dir entschuldigen«, sagt er. »Wegen der absolut doofen Aktion gestern.« Seine Augen bohren sich in meine. Ich fühle, wie sich meine Nackenhaare aufstellen, und kämpfe gegen den Drang an, meine Beine in die Hand zu nehmen und einfach aus dem Saal zu stürmen. Aber schon im nächsten Moment macht sich das Bedürfnis in mir breit, Prince ordentlich zu beschimpfen. Schließlich jedoch schnaufe ich tief durch und treffe die Entscheidung, mich zu keiner übereilten Aktion hinreißen zu lassen. Und so drehe ich mich einfach wieder um und ignoriere ihn.

Zum Glück lässt der doofe Vollhorst mich in Ruhe und drängt sich nicht noch mal auf. Dafür ist er auch viel zu beschäftigt. Ständig grüßen ihn irgendwelche Mädels – und er sie. *Hallo, Lara, Fiona, Marina, Sophie ...* Der hält sich wohl für unwiderstehlich! Zu allem Überfluss kommt jetzt auch noch Carla angedackelt. Mit der hatte ich mich schon mal in den Haaren, weil sie irgendeinem Hirngespinst aufgesessen war, dass ich ihr Prince stehlen wollte. Als ob! Ich mache mich schon auf eine Auseinandersetzung mit ihr bereit und überlege, welchen

Spruch ich ihr drücken soll, aber sie beachtet mich gar nicht. Gut so!

»Hallo, Prince«, flötet sie zuckersüß. »Sag mal, bleibt es nachher bei unserem Treffen unten am Badestrand?«

»Klar, hatten wir doch fest abgemacht.«

Schade, den Strand wollte ich mir auch gern mal anschauen. Für heute hat sich das damit aber erledigt. Ich rücke einen Platz auf. Zum Glück stehen vor mir noch drei Schüler, dann bin ich endlich an der Reihe, um mir mein Tablett mit Frühstücksleckereien vollzuladen.

Von dem eingebildeten Idioten und seinem Mädelsfanclub lasse ich mir bestimmt nicht den Appetit verderben – und auch nicht die Laune verhageln!

Lieber singe ich doch im Chor

»In der ersten Stunde haben wir Deutsch bei der Sauerbrei, danach Bio beim Joachim, dann zwei Stunden Englisch bei der Pennywacker – und in der fünften Mathe bei der Lapp. Danach ist eine Stunde Mittagspause.« Larissa hat den Stundenplan aus ihrer Tasche hervorgekramt und die Unterrichtsfächer vorgelesen, die uns heute erwarten.

Ich schweife ab und werfe unauffällig einen Blick zu dem Tisch hinüber, an dem Prince mit seinen Kumpels sitzt. Sein bester Freund ist natürlich auch dabei. Der Idiot heißt Hendrik von Achternbusch. Das Von ist bei ihm echt. Seine Mutter soll irgendeine bekannte Pianistin sein, der Vater Politiker. Hat Lizzy mir erzählt. Sie kennt hier jeden und ist nicht umsonst Haussitterin bei uns in Italien. Sie hat immer ein paar witzige Details auf Lager. Hendrik soll zum Beispiel von Natur aus rote Haare haben, so wie ich. Aber aus verlässlicher Quelle weiß

Lizzy, dass er sie sich regelmäßig haselnussbraun tönt. Wie doof kann man nur sein? Anstatt sich Gedanken darüber zu machen, wie es *auf* seinem Kopf aussieht, sollte er sich lieber mal um die Dinge *in* seinem Kopf sorgen. Da ist nämlich nur Mist drin, so wie bei seinem besten Kumpel.

»Und du, Paulina?« Miu schubst mich an.

»Was?« Ich war so in meine Gedanken versunken, dass ich gar nicht mitbekommen habe, worüber mittlerweile am Tisch gesprochen wird.

»Heute ist Donnerstag, da haben wir nach der Mittagspause Schülerfirma. Welche hast du heute?«, hakt sie nach.

»Ich geh ins Schreiblabor. Und am Dienstag zu den Rettungsschwimmern.« Zum Glück hat sich das mit meiner Teilnahme an der Musikscheune erledigt. Ich kann nämlich gar kein Instrument spielen. Und singen kann ich schon gar nicht. Und das, obwohl mein Vater Musiker ist.

Ob sich das bei Hendrik ähnlich verhält? Oder hat er in Sachen Musikalität mehr Glück gehabt und etwas von den Pianisten-Genen seiner Mutter geerbt? Dann schlägt er mit Sicherheit heute in der Musikscheune auf. Wenn es eine Idiotenfirma geben würde, wären Prince und er darin die Bosse, so viel ist schon mal klar. Wie auf Kommando heben die beiden die Köpfe und sehen in unsere Richtung. Hendrik sagt etwas zu Prince, worauf dieser anfängt zu grinsen. Die beiden lästern bestimmt über mich. Sollen sie doch, wenn sie nichts Besseres zu tun haben. Das juckt mich so was von gar nicht! Aber dass dieser blöde Hendrik mir jetzt auch noch zuwinkt, finde ich mehr als dreist. Aber weggucken werde ich auf keinen Fall, sonst denkt der noch, ich gebe klein bei. Lieber werfe ich ihm einen meiner bestens geübten bösen Blicke zu.

»Was ist denn mit dir los, Paulina?«, fragt Miu. »Warum guckst du auf einmal so, als wär dir was über die Niere gelaufen?«

»Über die Leber, Miu, es heißt über die Leber gelaufen«, sagt Shanti und lenkt damit zum Glück alle von mir ab.

Die anderen haben nichts von Prince' und Hendriks Kontaktaufnahme mitbekommen. Ich nehme mir fest vor, mir keine weiteren Gedanken über diese beiden Vollhorste zu machen und mich auch nicht mehr auf irgendwelche Blick- und Winkespielchen einzulassen. Das sind sie gar nicht wert.

Am Tisch lachen alle über Mius neu kreierte Redewendung, auch sie selbst. »Deutsch ist echt eine schwierige Sprache«, sagt sie.

»Kannst du mal was auf Koreanisch sagen?«, fragt Clemens. »Zum Beispiel *Wie heißt du?*«

»Dangshin-ui ireum-eun mu-eot-imnida?«

»Hört sich irgendwie cool an.« Jakob bekommt ganz glänzende Augen. »Kannst du uns das nicht auch beibringen, Miu? Dann versteht uns niemand, wenn wir uns untereinander was Wichtiges mitzuteilen haben. Wie eine Art Geheimsprache.«

Miu lacht. »Das würde Jahre dauern. Koreanisch ist auch nicht gerade einfach. Zumindest wenn man es als Fremdsprache lernen will.«

»Und mir reicht es ehrlich gesagt schon, dass ich Englisch und Französisch pauken muss«, sage ich. »Außerdem hasse ich Vokabeln lernen. Es gibt doch auch richtige Geheimsprachen, zum Beispiel die Löffelsprache. Da muss man keine neuen Wörter lernen, nur die vorhandenen ändern. Hört mal: Ilewich heileweißelewe Palewaulilewinalewa.«

»Auch nicht schlecht. Kannst du das noch mal wiederholen, nur langsamer?«, hakt Jakob sofort nach.

»Okay!« Ich sage den Satz noch einmal, diesmal in gemäßigtem Tempo.

»Ich heiße Paulina«, kombiniert Sam.

»Stimmt. Wenn man es langsam sagt, kann man es ganz gut verstehen, deswegen muss man sie eigentlich sehr schnell sprechen. Dann hört es sich für Außenstehende wie Chinesisch an.«

»Wo hast du die denn her?«, fragt Jakob interessiert. »Kannst du uns erklären, wie die funktioniert?«

»Von meiner Freundin Kira aus Bottrop. Sie hat sie uns, also meinen zwei Freunden und mir, beigebracht.« Ich überlege einen kurzen Moment. »Aber ich muss Kira auf jeden Fall fragen, bevor ich das Prinzip verrate.« Die wird ausrasten, wenn ich ihr erzähle, dass ich unsere

Geheimsprache weitergeben will. Und dann auch noch an die Schnösel hier vom Internat. Kira weiß ja noch gar nicht, dass die eigentlich sehr nett sind. Am besten, ich lenke schnell wieder vom Thema ab. Ich kann ganz genau an Jakobs angestrengter Miene sehen, dass er gerade versucht, den Code zu knacken.

»Wie war deine erste Nacht mit deinem Mitbewohner?«, frage ich Sam. Da Shanti und er Geschwister sind, genau genommen Zwillinge, hat die Kuhn ihn kurzerhand in die Parallelklasse verfrachtet.

»Ganz okay, Elias ist in Ordnung. Ein paar der anderen Jungs auch, aber ich wäre trotzdem lieber in eurer Klasse. Ihr seid irgendwie witziger drauf.«

»Warte mal ab, bis du deine Truppe besser kennenlernst. Da sind bestimmt auch ein paar Chaoten dabei.« Ich zeige auf Theo. »Solche wie er zum Beispiel.«

»Mich gibt es nur einmal!« Theo zieht ein Etui aus der Tasche und setzt sich seine Brille auf die Nase. Das Ding hat nur Gläser aus Fensterglas. Theo hat Augen wie ein Luchs und hat sich die Brille bloß zugelegt, damit er elitärer und schlauer aussieht. Mich hat er damit voll dran-

gekriegt, als er sich mir in dieser Montur mit Theobald *von* Emstätten vorgestellt hat.

»Warum hast du denn die Glasbrille wieder dabei?«, frage ich.

Theo versucht, ein schlaues Gesicht zu machen. »So-was kommt doch bestimmt gut im Unterricht. Sehe ich nicht gleich viel cleverer damit aus?«, fragt er und erntet allgemeines Gelächter.

»Genau das meine ich!«, sagt Sam. »Ihr seid so was von schräg!«

Ich versteh ganz genau, was Sam meint. Dass ich hierbleiben möchte, liegt ganz bestimmt nicht an dem schönen Prinzessinnenschloss, in dem sich unsere Schule befindet, oder an den eigenen Häusern mit den geräumigen Zimmern. Grund dafür sind meine neuen Freunde, die mich schlichtweg zum Lachen bringen. An Sams Stelle würde ich auch lieber zu unserer Klasse gehören, aber das erwähne ich jetzt lieber nicht. »Nachher musst du uns unbedingt alles ganz genau über deine Klasse erzählen, okay?«

Sam nickt.

»Und jetzt muss ich frühstücken, sonst knurrt mein Magen gleich im Unterricht.« Ich beiße demonstrativ in das leckere Croissant, das nun leider nicht mehr ofenwarm ist. Ich sollte meinen Wecker vielleicht doch eine Viertelstunde eher klingeln lassen – oder Shanti erlauben, noch etwas früher zu brummen. Wir haben schon fünf vor acht. Um Viertel nach beginnt der Unterricht.

Pünktlich mit dem Klingelzeichen treffen wir in unserem Klassenraum ein. Die anderen sind schon alle da. Ich sitze hinten zwischen Miu und Shanti an der Wand, Fleur und Xenia zum Glück ganz vorn, also möglichst weit weg von uns.

»Guck mal, wie die beiden Uschis sich aufgebrezelt haben«, flüstert Shanti, und ich muss grinsen, als wir an den beiden vorbeigehen.

Sie haben wirklich ganze Arbeit geleistet. Von oben bis unten wirken sie durchgestylt. Beide tragen teure Designershirts zu kurzen Röcken. Ihre Füße stecken in offenen Sandalen mit kleinen Absätzen. Fleur hat dabei den Vogel abgeschossen. Sie hat ihre Fußnägel in zwei unterschiedlichen Farben lackiert, so wie Frau Sauerbrei das auch immer macht. So eine Schleimerin. Und dann auch noch so was von offensichtlich!

Aber warum sollte es hier auf der Insel anders zugehen als bei uns im Ruhrpott? In Bottrop gibt es Lisa und Co – und hier die Uschis. Da fühle ich mich doch schon fast wie zu Hause. Und auch sonst verläuft der Unterricht ganz ähnlich wie in meiner alten Schule. In Deutsch kann ich gut mithalten, Bio wird auch kein Problem werden. Für Englisch und Mathe werde ich ein bisschen was tun müssen. Aber dass die Siebte hier kein Zuckerschlecken wird, stand ja außer Frage.

Es wird relativ schnell klar, wer wirklich was draufhat und wer nur so tut. Shanti scheint eine von den Überfliegerinnen zu sein. Ihr Englisch klingt nahezu perfekt, zumindest für meine Ohren. Und Mathe scheint ihr auch zu liegen. Ich will ja nicht schadenfroh sein, aber es freut mich, dass sie Fleur anscheinend locker in die Tasche steckt. Die spricht zwar auch gut Englisch, übertreibt aber mit der Betonung, sodass es sich einfach nur peinlich anhört.

Die fünf Schulstunden vergehen wie im Flug. Als es um halb eins zur Mittagspause klingelt, bin ich kaputt, aber ganz zufrieden. Und nach einem großen Teller Nudeln mit Tomatensoße geht es mir noch besser. Es ist sogar etwas Zeit, um mich bis halb zwei kurz auszuruhen. Shanti ist auf einen Sprung rüber zu Sam und ich lege mich kurz aufs Bett, ein bisschen chillen. In Bottrop geht der Unterricht immer bis um halb zwei, danach beginnen die AGs. Wir haben fünf vor eins. Kira brauche ich also jetzt nicht anzurufen, die kann eh nicht rangehen. Aber wenigstens kann ich ihr schon mal eine Nachricht schicken:

Komme hier nicht weg! Alles total doof gelaufen. Müssen unbedingt reden. Ruf dich um vier an. Hdl! Paulina

Ich schließe für einen Moment die Augen. Gleich muss ich rüber in die Bibliothek, wo das Schreiblabor stattfinden wird. Dafür kommt jede Woche eine Schriftstellerin nach Bernstein. Annabelle Schubert, den Namen habe ich noch nie gehört. Was sie wohl für Bücher schreibt? Als mein Telefon plötzlich klingelt, zucke ich erschrocken zusammen. Beinahe wäre ich eingeschlafen! »Hallo, hier ist Paulina.«

»Und hier ist Kira, du treulose Tomate. Ich rufe von Lucas Handy an. Meins hat kein Guthaben mehr.«

»Kira! Wie genial ist das denn? Hast du dich aus dem Unterricht geschlichen?”

»Nein, wir haben donnerstags jetzt immer nur fünf Stunden, total cool.«

»Echt, warum das denn?«

»Keine Ahnung, chronischer Lehrermangel oder so. Ist doch auch egal. Erzähl du lieber! Was soll das denn heißen, du kannst nicht nach Hause kommen? Das ist nicht dein Ernst, oder?«

»Doch, es gab leider Stress hier im Internat. Und dann meine Mutter, sie besteht auf die Abmachung …« Das ist noch nicht mal gelogen, immerhin hat sie erst heute Morgen noch mal betont, dass wir vier Wochen ausgemacht haben. Ich erzähle Kira, was sich in der aufregenden vorletzten Nacht alles ereignet hat und dass ich auf jeden Fall die Vereinbarung einhalten muss.

»So lange?«, ruft meine Freundin entsetzt aus.

»Ja, aber ich versuch das jetzt positiv zu sehen. Immerhin kann ich mich dann auch um Graf Dracula kümmern. Der arme Taubenmann hat sich den Flügel gebrochen. Ohne mich schafft er es wahrscheinlich nicht. Ich musste Herrn Naunheim versprechen, ihm täglich bei der Pflege zu helfen, damit er auch wirklich durchkommt.« Ich suche nach Argumenten, um Kira meine Entscheidung plausibel zu machen. »Ich hab gleich noch Schülerfirma, so heißen hier die AGs. Danach will ich nach ihm schauen. Du kannst dir nicht vorstellen, wie süß der Kleine ist – und so hilflos!«

»Kannst du ihn nicht einfach nach Bottrop mitbringen? Dann können wir ihn gemeinsam aufpäppeln.«

»Das geht leider nicht. Ich glaube, ich muss da jetzt einfach allein durch.«

»Na gut. Aber nicht, dass du am Ende für immer dableibst. Ich vermiss dich total. Es ist voll langweilig hier ohne dich!«

»Ich vermiss dich auch.«

»Und wenn irgendwas ist, meldest du dich sofort. Dann kommen wir vorbei und befreien dich aus diesem blöden Schloss!«

»Das wär cool!«

»Ich mein das voll ernst, Paulina. Auch wenn dich dieser komische Prinz noch mal blöd anmacht oder so. Eine Nachricht von dir reicht, dann lassen wir uns was einfallen. Luca und Noah sind auf jeden Fall dabei. Das soll ich dir von den beiden ausrichten. Und überhaupt, wie kann man nur auf so eine absolut gehirnkranke Idee kommen, jemanden in ein Laken eingewickelt ins Wasser zu schmeißen – mitten in der Nacht!« Kira redet sich richtig in Rage.

Als Shanti plötzlich vor meinem Bett steht, zucke ich erschrocken zusammen. Ich hab gar nicht gehört, dass sie ins Zimmer gekommen ist. »Wir müssen los, sonst kommen wir zu spät«, sagt sie.

Ich nicke ihr zu, da fragt Kira lautstark, sodass Shanti jedes Wort mitbekommt: »Ist das etwa diese französische Pissnelke, mit der du dir das Zimmer teilen musst?«

»Sag ihr, ich bin Aladin aus der Wunderlampe, und wenn sie nett ist, hat sie drei Wünsche frei«, sagt Shanti lächelnd. Sie hat das absolut nicht böse gemeint, aber Kira ist sofort auf hundertachtzig.

»Was? Was hat die da rumgemoppert?«, hakt sie nach. »Wenn die Ärger haben will, soll sie es nur sagen, dann kommen wir gleich vorbei!«

»Das ist nicht Fleur, das ist Shanti. Wir wohnen jetzt in einem Zimmer. Sie hat mir nur gerade gesagt, dass wir auf der Stelle losmüssen. Aber ich ruf dich später auf jeden Fall noch mal auf deinem Handy an – wenn ich bei Graf Dracula bin, okay?«

»Du bist jetzt mit Shanti auf einem Zimmer? Davon hast du gar nichts erzählt. War das nicht die Verrückte, die rumläuft wie die kleine Ylvie aus *Wickie*? Die hatte doch einen total schrägen Namen!«

»Sie heißt Shanti Anuragi, das heißt, dass sie den Frieden liebt. Und sie ist wirklich sehr nett.« Mit entschuldigender Miene sehe ich Shanti an. »Aber das erklär ich dir später, Kira, ich muss jetzt ganz schnell los. Ich meld mich heute noch mal, versprochen!«

Shanti steht schon in der Tür. »Wir müssen uns beeilen. Zu spät kommen kommt hier gar nicht gut an, weißt du doch …«

Damit hat Shanti allerdings recht. Ich habe es geschafft, gleich am allerersten Schultag mitten in Pinguins Vorstellungsrede zu platzen. Das hat ihr wirklich gar nicht gefallen. Dass ich dabei Theo im Schlepptau hatte, machte die Sache auch nicht besser, im Gegenteil. Ausgerechnet die beiden Stipendiaten waren zu spät.

»Dann mal los!« Wir rennen aus Italien raus, durch Europa rüber zum Schloss. Shanti muss nach oben zur Krankenstation, wo sich der Helferclub heute trifft. Ich renne den Gang weiter unten entlang, zur Schlossbiblio-

thek. Es ist genau halb, als ich völlig außer Atem dort ankomme. Die Tür steht zum Glück noch offen. Soweit ich weiß, hat sich niemand sonst aus unserer Klasse für die Schreibwerkstatt beworben. Also werde ich wahrscheinlich der einzige Neuzugang sein und niemanden kennen. Ich straffe meine Schultern, trete über die Schwelle und bleibe wie angewurzelt stehen.

Damit habe ich nicht gerechnet! Die Bibliothek ist wunderschön. Oben von der Decke hängt ein riesengroßer Kronleuchter. Das Sonnenlicht, das durch die Fenster strömt, bringt die unzähligen kleinen Kristallkugeln, mit denen er verziert ist, zum Glitzern. Die Wände sind mit herrlichen Fresken bemalt, überwiegend Engel und Rosen, aber auch ein stattlicher Hirsch ist darauf zu erkennen. Er hat ein riesiges Geweih und läuft erhobenen Hauptes durch ein geöffnetes Tor, das mich ein wenig an das Eingangstor vor dem Schlosshof erinnert. Genau unter dem Kronleuchter stehen schöne alte Schreibpulte, an denen jeweils zwei Schüler zusammensitzen. Ein Zweierpult ist noch frei. Es steht genau gegenüber dem einzigen Stehpult, das bestimmt der Schriftstellerin vorbehalten ist. Ich komme mir vor wie in einem der *Harry-Potter*-Filme. Da sitzen die Schüler an ähnlichen Tischen, nur dass sie zaubern lernen, nicht schreiben.

Ich nehme all meinen Mut zusammen und setze mich an einen der beiden freien Plätze. Die anderen, meist älteren Schüler beachten mich nicht großartig. Sie kennen sich wohl alle schon vom letzten Schuljahr.

Es ist bereits fünf nach halb, als vom Gang her ein glockenklares Lachen bis in die Bibliothek hereindringt. Ob das die Schriftstellerin ist? Gespannt und voller Erwartung schaue ich zur Tür …

Der schon wieder! Prinz Vollhorst betritt den Raum, in Begleitung einer älteren Schülerin, die eine echt schräge Frisur hat. Die eine Seite ist kinnlang, die andere ist ganz kurz rasiert.

»Hallo, alle zusammen«, sagt sie. »Schön, dass ihr da seid. Tut mir leid, dass ich heute etwas zu spät bin, aber ich musste eben noch schnell etwas mit Prince besprechen.« Sie stellt sich hinter das Pult und lächelt in die Runde. Ihr Blick bleibt an mir hängen. »Und unser Neuzugang ist auch da, wie schön. Du bist doch Paulina, oder? Ich bin Annabelle. Wir duzen uns alle hier. Das haben wir letztes Jahr gemeinsam beschlossen. Ich hoffe, das ist okay für dich?«

Ich nicke. Mehr bekomme ich momentan nicht hin. Außerdem sehe ich bestimmt gerade ziemlich dämlich aus. Mit allem habe ich gerechnet, aber ganz bestimmt nicht damit. Ich starre mit offenem Mund auf das große, kreisrunde Loch in Annabelles Ohrläppchen. Sie hat einen Tunnel im Ohr. Meine Schwester würde jetzt wahrscheinlich vor Neid erblassen. Cat steht auf alles, was mit irgendwelchen Nadeln, Steckern oder Ringen im Gesicht zu tun hat. Wie alt sie wohl ist? Sie sieht wirklich noch aus wie eine Schülerin.

»Ich freu mich auf jeden Fall, dass du hier bist«, sagt

sie. »Deine Geschichte über Prinzessin Wischmopp und Prinz Fledermaus hat mir sehr gut gefallen. Hast du was dagegen, wenn ich sie hier gleich vorlese? Sozusagen als Einstieg für dich.«

Mein Mund klappt wieder zu. Das ist ja so was von peinlich. Die Geschichte hatte ich schon fast vergessen. Ich habe sie hier an meinem ersten Tag geschrieben und sie dann spontan für die Schreiblabor-Bewerbung genutzt. Aber da dachte ich noch, dass ich sowieso nicht hier teilnehme, weil ich schon längst wieder zu Hause sein werde. Wie peinlich!

»Oder möchtest du sie uns vielleicht lieber selbst vorlesen?«

Ich schüttle vehement den Kopf und wünsche mir ein Loch, in das ich auf der Stelle verschwinden kann. Zu allem Überfluss wird jetzt auch noch der freie Stuhl neben mir herausgezogen und Prince lässt sich wie selbstverständlich darauf nieder. Ich wollte mich doch von ihm fernhalten!

»Hi«, sagt er und grinst ziemlich dämlich.

»Prinzessin Wischmopp hatte kein einfaches Leben. Ihre böse Schwester schikanierte sie von morgens bis abends …«

Annabelle zieht das Ding durch. Sie liest tatsächlich meine Geschichte von vorne bis hinten vor. Ihre Stimme klingt richtig theatralisch, als sie das Ende zum Besten gibt:

»Prinz Fledermaus drehte sich mit ihr im Kreis, schneller und schneller. Dann legte er seine schwarzen Flügel um sie und

schwebte mit ihr aus dem Tanzsaal, hinaus aus dem Schloss, den Sternen entgegen.«

Annabelle verstummt und blickt in die Runde.

»Crazy«, sagt eine ältere Schülerin, die ich schon mal zusammen mit Lizzy gesehen habe, »aber irgendwie ganz süß. Wenn du mich fragst, sollten Prinzessin Wischmopp und Prinz Fledermaus irgendwann ein Paar werden. Ich stehe auf Geschichten mit Happy End.«

Und ich würde mich am liebsten in Luft auflösen. Ich bin rot wie eine überreife Tomate. Das kann ich ganz genau spüren. Zum Glück sieht Prince mich nicht an. Er blättert gerade interessiert in dem Buch, das er aus seiner Tasche gezogen hat.

Annabelle lächelt mich an. »Ich würde sagen, da haben wir uns eine junge Schriftstellerin mit sehr viel Fantasie ins Boot geholt. Ich bin gespannt, wie sich das hier mit dir weiterentwickelt.«

Weiterentwickelt? Lieber singe ich doch im Chor, bevor ich noch mal einen Schritt ins Schreiblabor setze. Ich überlege, wie ich aus der Nummer wieder rauskomme. Am liebsten würde ich einfach aufstehen und gehen, aber mein Hintern scheint fest mit dem Stuhl verschmolzen zu sein, meine Füße sind auf dem Holzboden festgenagelt – und mein Mund? Meine Lippen kleben irgendwie so fest zusammen, dass ich ihn nicht aufbekomme. Na ganz toll! Wenigstens bringe ich noch einmal ein ergebenes Nicken zustande und Annabelle wendet sich wieder dem Rest der Gruppe zu.

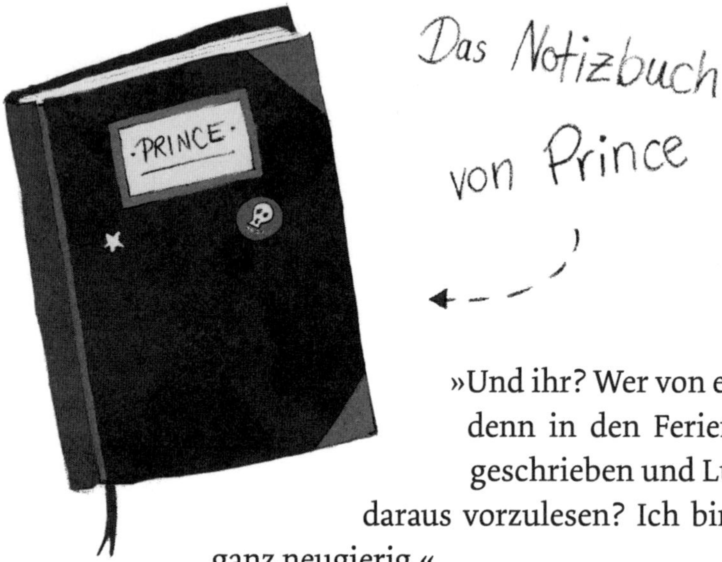

»Und ihr? Wer von euch hat denn in den Ferien etwas geschrieben und Lust, uns daraus vorzulesen? Ich bin schon ganz neugierig.«

Ein paar Arme gehen nach oben. Es sind fast überwiegend Mädchen hier im Kurs, stelle ich fest. Genau sechzehn, wenn ich mich dazuzähle. Und vier Jungs. Einer von ihnen sitzt neben mir.

»Möchtest du anfangen?«, fragt Annabelle und nickt Prince zu, obwohl der sich gar nicht gemeldet hat. Auch sie scheint aus einem mir nicht begreiflichen Grund einen Narren an ihm gefressen zu haben. Er schnappt sich das Buch, das vor ihm auf dem Schreibpult liegt. Es hat einen schlichten schwarzen Einband, die Ecken sind rot. Eigentlich interessiert mich nicht, was er daraus gleich vorlesen wird, aber trotzdem schiele ich unauffällig ein bisschen hinüber.

Prince blättert durch das Buch, in dem schon viele Seiten beschrieben sind. Auf manchen kleben Schwarz-

Weiß-Fotos, die er bestimmt selbst geschossen hat. Ich erkenne zwar nicht viel, aber fotografieren kann er, das weiß ich, weil Frau Sauerbrei uns in der ersten Schulstunde die Porträts gezeigt hat, die er von uns geknipst hat.

Prince räuspert sich, dann liest er:

Unwetter

Nach jedem Regen folgt ein Sonnenschein,
sagt meine Großmutter.
Aber es regnet jetzt schon seit Jahren.
Sie hat mir einen neuen Schirm gekauft.
Er schützt mich vor den Tropfen,
aber dem Sturm kann er nicht trotzen.
Nach jedem Regen folgt ein Sonnenschein,
sagt meine Großmutter, irgendwann …

Es ist mucksmäuschenstill in der Bibliothek. Doch als Prince das Buch zuklappt, fangen alle wie verrückt an zu klatschen, nur ich nicht. Den Spruch mit dem Sonnenschein bringt meine Oma auch oft. Aber was soll die Sache mit dem Schirm und dass es jetzt schon seit Jahren regnet?

So ein düsterer Kram! Das hört sich fast so an, als würde es Prince gar nicht so gut gehen, wie er immer tut. Obwohl … vielleicht war das Gedicht auch volle Berechnung und er wollte sich damit nur interessant machen? Ich beobachte Prince unauffällig von der Seite. Er sieht ganz verlegen aus oder er tut nur so. Ein Sonnenstrahl fällt durch eines der großen Fenster und verfängt sich in seinem Haar, das fast bläulich wirkt. Verkrampft schiele ich weiter zu ihm hinüber. Seine helle Haut schimmert durchsichtig, an der Schläfe scheint eine violette Ader hindurch. Es ist total verrückt, aber ich rechne irgendwie damit, dass er jeden Moment zu Staub verfällt, wie ein Vampir, der kein Sonnenlicht verträgt.

Eine jahrzehntealte Schülerfehde

»Ach du heilige Scheiße!«, entfährt es mir. »Was ist das denn?«

Graf Dracula steckt im Fuß einer Damenstrumpfhose, die an einem Balken befestigt wurde, und baumelt in der Luft herum. Der Kopf des armen Taubenmannes guckt raus, die beiden Beinchen auch. Der Rest steckt wie die Wurst in der Pelle fest in dem komischen engen Stoffschlauch.

Herr Naunheim tritt an meine Seite. »Das linke Bein ist gebrochen. Ich dachte zuerst, es hätte den Flügel erwischt, aber der wurde zum Glück nur gestaucht. Das Bein habe ich mit zwei Streichhölzern geschient, so wird es schneller wieder heilen. Aber der Tauber darf das Bein nicht belasten und auch nicht mit den Flügeln schlagen, bis er wieder wohlauf ist. Deswegen hängt er jetzt sozusagen im schwerelosen Raum an der frischen Luft.«

»Hallo, Graf Dracula.« Vorsichtig nehme ich das dunkle Federknäuel in meine Hände. »Ich weiß, dass dich die blöde Zwangsjacke stört, weil du deine Flügel nicht bewegen kannst. Aber es ist besser so, glaub mir. Wenn du schön brav bist und stillhältst, geht es dir bestimmt bald wieder besser.«

Herr Naunheim krault mit seinem großen Zeigefinger Graf Draculas Köpfchen. »Er bekommt ein Antibiotikum, damit sich nichts entzündet. Bisher schlägt er sich sehr tapfer. Dafür, dass er in voller Wucht gegen die Scheibe geflogen ist, geht es ihm sogar erstaunlich gut. Eine andere Taube hätte das womöglich nicht überlebt.«

»Ich wusste von Anfang an, dass er es schafft! Was kann ich denn jetzt für ihn tun?«

»Es wäre schön, wenn du den Strumpf regelmäßig säubern könntest. Er hat zwar ein Loch, damit dein Taubenmann sein Geschäft machen kann, aber manchmal trifft er wohl nicht ganz richtig. Dann verschmiert die ganze Angelegenheit.«

»Ja klar, kein Problem. Das mach ich doch gern. Und ich kann Ihnen ja auch ein bisschen mit den anderen Tauben helfen, wenn Sie möchten. Am besten, ich fang gleich damit an. Soll ich auch die Boxen sauber machen?«

»Ja, das wäre nett!«

Sanft fahre ich Graf Dracula über seinen dunklen Schnabel. »Er ist sehr hübsch. Ganz das Gegenteil von Lady Gaga, meiner weißen Taube. Die beiden gäben ein schönes Paar ab.«

Herr Naunheim lacht. »Vielleicht bringst du sie einfach mal mit, wenn du das nächste Mal zu Hause bist, was meinst du?«

»Darf ich das denn?«

»Klar. Wir Taubenfreunde müssen doch zusammenhalten. Und Platz genug für deine Taubendame ist hier allemal. Sie fühlt sich bestimmt wohl bei uns.«

»Das wär natürlich cool.« Ich greife nach dem kleinen Spatel, den Herr Naunheim mir hinhält, und fange an, die Boxen auszukratzen. Als Herr Naunheims Handy klingelt, dreht er sich etwas zur Seite, aber ich kann trotzdem ganz genau hören, was er sagt.

»Ja, das Kanu ist hier. Ich kann es mit der Fähre rüberbringen, heute so gegen achtzehn Uhr ... Wie? Jetzt gleich? Nein, das geht nicht. Ich brauche noch eine halbe Stunde ... Okay, ich werde da sein.«

»Das Kanu, mit dem Sam hierhergepaddelt ist?«, frage ich neugierig nach. »Ich wollte echt nicht lauschen, aber Sie haben so laut gesprochen, dass ich alles mitbekommen habe.«

Herr Naunheim nickt. Zum Glück ist er nicht böse, weil ich ihn einfach darauf angesprochen habe. »Ein paar Schüler vom Gymnasium drüben auf dem Festland kommen gleich rüber zur Insel. Sie wollen das Kanu abholen. Der Schulleiter war nicht gerade begeistert wegen der ganzen Sache.«

Ich nicke vorsichtig, denn völlig unbeteiligt war ich an »der ganzen Sache« nicht. Sam ist zu Hause ausgerissen. Er ist mitten in der Nacht vom anderen Rheinufer aus zu uns rübergepaddelt, weil er zu Shanti wollte. Und wir haben ihn danach versteckt. Zum Glück ist alles gut gegangen.

»Ja, das war echt unüberlegt von Sam und ganz schön gefährlich wegen der Strömungen«, gebe ich zu. »Aber er hat es sich ja nur ausgeliehen und wollte es auf jeden Fall zurückbringen.«

»Das glaub ich dir, ich hoffe nur, dass die alte Fehde jetzt nicht wieder aufbricht.«

»Welche Fehde denn? Ein Krieg oder so etwas in der Art?«

»Ja, zwischen dem Bernstein und dem Marie-Curie-Gymnasium. Die Streitkultur hat bei den beiden Schulen eine sehr lange Tradition. Hier sind schon Dinge passiert, sag ich dir ...«

Daher die Aufschrift *MCG* auf dem Kanu. Das ist ja interessant. Sam hat es sich also wirklich von der Schule auf dem Festland gemopst. »Was ist denn zum Beispiel passiert?«, frage ich neugierig.

»Na ja, in erster Linie dumme Schülerstreiche. Aber manche Unternehmungen waren auch sehr halsbrecherisch.« Herr Naunheim schaut auf seine Uhr. »Du kommst doch bestimmt allein klar?«

»Ja, sicher.«

»Gut. Dann sehen wir uns morgen wieder, um die gleiche Zeit?«

»Jeden Tag«, versichere ich ihm.

Die Boxen sind schnell ausgemistet. »Ich komme später noch mal wieder«, sage ich sanft. Mein Opa hat mir erklärt, dass Tauben sehr sensibel auf Stimmen reagieren. Graf Dracula soll spüren, dass alles wieder gut wird. Der arme Kerl tut mir wirklich leid, wie er da so hilflos in der Luft rumhängt. »Du schaffst das, ganz sicher! Ich werde dir dabei helfen. Dann kannst du bald wieder fliegen – und herumhüpfen auch. Und vielleicht lernst du dann tatsächlich mal meine Lady Gaga kennen. Die wird dir gefallen, sie ist wirklich sehr süß!«

Der schnellste Weg zurück zum Schloss geht querfeldein über die Wiesen, aber der reguläre Pfad führt unten am Bootshaus vorbei. Ich habe ja Zeit, der Weg am Rhein entlang ist viel schöner – und außerdem kann ich dann auch gleich mal einen unauffälligen Blick auf die übersetzenden Festlandgymnasiasten werfen. Irgendwie interessiert es mich schon, wie die aussehen.

Ich komme gerade richtig. Gespannt beobachte ich aus einiger Entfernung, wie vier Kanus am Bootssteg anlegen, drei einzelne und ein Zweierkanu. Aus einem der Einerkanus klettert ein älterer Mann, bestimmt ein Lehrer. Aus den anderen steigen vier Schüler, die ungefähr so alt sind wie wir, zumindest sieht es von Weitem so aus. Herr Naunheim kommt aus dem Bootshaus. Er trägt – zusammen mit Sam – das »ausgeliehene« Kanu herbei und legt es vor der Schülergruppe am Ufer ab. So wie es aussieht, scheint sich Sam nicht wirklich wohlzufühlen. Er hat seine Hände tief in den Hosentaschen vergraben und den Kopf eingezogen. Aber dann macht er einen Schritt nach vorn, zieht die rechte Hand raus und hält sie dem Lehrer hin. Der greift zu und schüttelt sie. Bestimmt hat Sam sich entschuldigt und die Sache scheint geklärt zu sein. Er hebt noch einmal grüßend die Hand, dann dreht er sich um und macht sich auf den Weg in Richtung Schloss. Ich überlege kurz, ob ich Shantis Bruder hinterherlaufen soll, bleibe dann aber doch an Ort und Stelle und beobachte das weitere Geschehen.

Herr Naunheim bleibt noch einen Moment bei der Gruppe stehen, dann folgt er Sam gemeinsam mit dem anderen Lehrer. Was der Pauker wohl oben am Schloss will? Hoffentlich hat die Sache nicht doch noch Konsequenzen für Sam. Immerhin haben die Schüler das Boot ja unbeschädigt zurückbekommen. Nachdem einer von ihnen prüfend um das Kanu herumgegangen ist, tragen sie es gemeinsam ins Wasser, und er steigt hinein.

Als auch die andern drei Schüler in ihre Boote klettern und ich mich auch gerade auf den Weg machen will, sehe ich, dass die Truppe gar nicht abpaddelt. Die warten, bis Herr Naunheim und ihr Lehrer außer Sichtweite sind, dann klettern sie alle wieder an Land. Sie stehen da und schauen sich um, so als würden sie abchecken, ob noch irgendjemand in der Nähe ist. Was die hier noch wollen? Die haben doch bestimmt irgendwas vor! Einer von ihnen zeigt in Richtung des Bootshauses. Neugierig schleiche ich mich an den Bäumen und Gebüschen entlang heran. Da setzen sich auch die Festlandgymnasiasten in Bewegung. Wir kommen ungefähr gleichzeitig am Bootshaus an, die Truppe von vorn, ich von hinten. Ich pirsche mich leise an das kleine Fenster heran, sodass ich hören kann, was die da drinnen besprechen.

»Jetzt gleich?«

Die Stimme gehört einem Mädchen, da bin ich mir sicher. Sie klingt keifig, ein bisschen so wie die von Lisa aus Bottrop. Oder die von Fleur.

»Nein, das wäre zu auffällig«, antwortet eine tiefe Jungenstimme. »Dann wissen die doch gleich, dass wir es waren. Und der Krüger ist dann auch stinksauer. Am besten, wir kommen am Wochenende abends noch mal wieder, wenn niemand mit uns rech-

net. Wenn, dann richtig! Das gibt Rache, so viel steht doch auf jeden Fall fest, oder?«

Ich drücke mich noch ein bisschen näher ans Fenster, traue mich aber nicht, einen Blick hineinzuwerfen, obwohl ich fast brenne vor Neugierde.

»Ja, auf jeden Fall«, sagt das Mädchen wieder. »Das lassen wir nicht auf uns sitzen. Das zahlen wir den Inselheinis heim! Die eingebildeten Bernsteinschnösel haben auf jeden Fall eine Lektion verdient. Die denken doch eh, sie wären was Besseres. Und dann tun sie so, als sei es das Selbstverständlichste von der Welt, dass sie sich bei uns bedienen dürfen. *Nur ausgeliehen*, pah! Dann hinterlasse ich wenigstens einen Zettel. *Ich hab mir das Kanu ausgeliehen, bringe es aber auf jeden Fall zurück*, oder so was in der Art. Wenn der Krüger nicht nachgefragt hätte, hätten die es doch bestimmt behalten, kackendreist, wie die sind!«

»Du hast recht«, mischt sich eine dritte Stimme, die eines Jungen, ein. »Wir sollten uns was richtig Cooles einfallen lassen.«

»Und ich weiß auch schon was!«, keift das Mädchen. »Glaubt mir, wenn das klappt, dann werden die hier ganz schön dumm aus der Wäsche schauen. Ich hab da nämlich so meine Kontakte.«

Das klingt sehr wichtigtuerisch, und ich warte gespannt darauf, was das wohl so Cooles sein könnte, aber da ruft plötzlich jemand laut: »Paulina!« Und gleich hinterher: »Was machst du denn da?«

Mist! Shanti, Larissa und Miu kommen winkend quer über die Wiese auf mich zugelaufen.

»Lasst uns abhauen, die Inselschabracken sind im Anmarsch«, sagt das Mädchen im Bootshaus, und ich mache meinen drei Freundinnen wilde Zeichen, dass sie bloß den Mund halten sollen.

»Was ist los?«, fragt Shanti, als ich geduckt zu ihnen hinüberlaufe. Sie hat natürlich gemerkt, dass hier was nicht stimmt.

»Erzähl ich euch gleich! Los, kommt schnell mit ans Ufer.« Ich renne runter zum Fluss, die anderen hinter mir her. Die Festlandfuzzis sind gerade in ihre Boote gestiegen, als wir bei ihnen ankommen. Ob ich ihnen sagen soll, dass ich gehört habe, dass sie was vorhaben? Nein, denn dann lassen sie es womöglich gleich bleiben. Unschlüssig beobachte ich die Truppe auf dem Wasser.

»Hi«, sagt einer der drei Jungs und tut ganz unschuldig. Er ist relativ kräftig gebaut, fast ein bisschen so wie Luca. »Wir haben nur das Kanu geholt, das ihr euch ausgeliehen habt.«

Mir liegt die passende Antwort schon auf der Zunge, da sagt Shanti freundlich: »Das ist echt nett von euch. Mein Bruder hätte es aber auf jeden Fall wieder zurückgebracht.«

»So sind wir eben«, sagt das Mädchen und streicht ihr langes blondes Haar nach hinten. »Totaaal nett!«

Ihr falsches Lächeln kann sie sich sparen. Ich weiß ja, dass die irgendwas im Schilde führen. Sie sticht grin-

send das Paddel ins Wasser. Die anderen Festlandtypen geben keinen Ton mehr von sich. Ohne sich von uns zu verabschieden, stoßen sie sich ab und paddeln davon.

»Was war das denn für ’ne komische Aktion?«, fragt Miu. »Spinnen die?«

»Nett ist was anderes«, pflichtet Larissa ihr bei.

»Das kann ich euch genau erklären«, sage ich, setze mich auf den Bootssteg und lasse meine Beine über dem Rhein baumeln. »Hier ist anscheinend gerade eben das Kriegsbeil wieder ausgegraben worden.«

»Wieso das denn?« Miu reißt die Augen auf.

»Also, passt auf …« Meine Freundinnen hören gespannt zu, keine von ihnen unterbricht mich, noch nicht einmal Shanti.

»Die sind ja echt hart drauf!« Larissa findet als Erste ihre Sprache wieder. »Der Hammer! Und die haben uns wirklich *Inselschabracken* genannt?«

Ich nicke. »Das Mädchen war am schlimmsten von allen. Die hättet ihr mal hören sollen. Echt fies.«

»Und sie wollen dieses Wochenende zuschlagen, da bist du dir ganz sicher?«, fragt Shanti.

»Das haben sie zumindest gesagt.«

»Dagegen müssen wir aber was unternehmen, oder?«, fragt Larissa.

Miu nickt ganz aufgeregt. »Auf jeden Fall!«

»Na, dann sollen sie mal kommen!« Shanti reibt sich die Hände. »Wusste ich doch, dass es hier niemals langweilig werden wird. Mal sehen, was die Jungs so dazu sagen.«

»Eine jahrzehntealte Schülerfehde?« Jakob sitzt auf Theos Bett und macht große Augen. »Wie cool ist das denn?«

»Die gibt es tatsächlich seit Ewigkeiten. Mein Vater hat mir schon davon erzählt«, sagt Clemens. »Der war ja früher auch hier auf der Schule. Da muss es teilweise richtig zur Sache gegangen sein.«

»Echt?« Dass Theo bei der Story sofort glänzende Augen bekommt, war ja klar. Er wittert natürlich ein Abenteuer.

»Ja, aber soweit ich weiß, herrscht seit Jahren so eine Art Waffenstillstand.« Clemens grinst Sam an. »Aber den hast du ja jetzt anscheinend gebrochen.«

Sam fährt sich verlegen durch seine Haare. »Ich hab mich doch entschuldigt. Und eigentlich waren die auch total nett. Na ja, zumindest der Lehrer. Die anderen haben nicht viel gesagt, außer dem Mädchen. Sie war die Einzige, die mit mir geredet hat. Außerdem ist sie echt hübsch!«

»Boah, Sam!«, ruft Shanti und verdreht genervt die Augen.

»Was denn? Blaue Augen, lange blonde Haare ...« Sam

kommt nicht dazu, seine Beschreibung zu vollenden, denn Shanti boxt ihn so kräftig in die Seite, dass er ins Straucheln kommt und gegen Miu kracht.

Miu quiekt auf. »Da kann ich wohl nicht mithalten, Sam.« Miu ist klein, zierlich, ihr schwarzes Haar fällt knapp kinnlang – und sie hat ein rundliches, sehr freundliches Gesicht mit blitzenden Augen.

»Mensch, Miu, mir gefällst du viel besser als diese fiese Festlandschnepfe«, sage ich. »Ich hätte auch gern so schönes glattes Haar wie du. Meins macht einfach immer, was es will. Ich sehe aus wie ein Wischmopp.«

»Wir können gern tauschen! Deine roten Locken gegen meine langweilige Mähne«, schlägt Miu vor.

»Mädels, jetzt mal ernsthaft!«, mischt Jakob sich ins Geschehen ein. »Wenn die wirklich vorhaben, am Samstag- oder Sonntagabend hier aufzulaufen, müssen wir sie gebührend empfangen, das ist ja mal wohl klar. Die meisten Pauker sind dann weg, aber wir sind schließlich hier. Vielleicht ist denen das nicht klar.«

»Jakob hat recht«, pflichte ich ihm bei. »Wenn wir schon dazu verdonnert werden, die ersten vier Wochen komplett auf der Insel zu bleiben, müssen wir sie auch verteidigen. Die blonde Festlandschnepfe sieht zwar aus wie ein Engel, aber sie ist ein richtiges Biest, Sam, glaub mir das.«

»Leute, auf mich müsst ihr dabei wohl verzichten«, sagt Clemens und hebt entschuldigend die Hände. »Ich fahre morgen nach Hause.«

»Was?«, frage ich empört. »Wie das denn? Ich dachte, alle Neuen dürfen erst nach vier Wochen zum ersten Mal wieder heim? So nach dem Motto ungeschriebenes Gesetz und so.«

»Lord Schnullerbacke hat eben Beziehungen«, sagt Shanti. »Immerhin ist er verwandt mit Lady Rosalyn. Als geborener Nachfahre von ihr hat er bestimmt Sonderrechte.« Sie meint das gar nicht böse, aber Clemens reagiert sofort gereizt.

»Quatsch! Meine Oma hat am Freitag Geburtstag. Und sie ist schon sehr alt. Deswegen habe ich sozusagen eine Sondergenehmigung bekommen. Das wäre bei euch wohl nicht anders gelaufen.«

»Echt? Ich habe nämlich auch bald Geburtstag, übernächsten Samstag. Meinst du, dann darf ich auch nach Hause?« Eigentlich wollte ich das ja ganz groß mit Kira, Luca und Noah in der Villa feiern, aber bisher bin ich auch nicht davon ausgegangen, dass ich auf der Insel bleiben werde. Die werden gar nicht begeistert sein, wenn die Party ausfällt.

»Hallo? Du bleibst natürlich hier!«, ruft Larissa. »Das gibt die erste Schlossparty!«

»Dann machen wir wieder den leckeren Kirschbananensaft vom Kennenlernabend, was meinst du, Paulina? Und ein paar leckere Snacks brauchen wir natürlich auch. Vielleicht ein paar Sandwiches, kleine Frikadellen, ein bisschen Nudelsalat. Und Wackelpudding, grünen und roten. Ich liebe dieses Glibberzeug!« Miu stellt schon einen Speiseplan für meine Geburtstagsfeier zusammen, über die ich mir momentan aber gar keine weiteren Gedanken machen will.

»Eins nach dem anderen«, sagt Shanti prompt. »Eine Geburtstagsparty wäre natürlich obercool. Aber jetzt lasst uns doch erst einmal überlegen, wie wir das mit den Festlandtypen hinbekommen. Wie heißt die Schule eigentlich?«

»Marie-Curie-Gymnasium«, sage ich.

»Also gut, was machen wir, wenn wir die Deppen bei uns auf der Insel erwischen?« Shanti kann richtig energisch dreinschauen. So kenne ich sie gar nicht.

»Wir könnten ihre Kanus verschwinden lassen, während sie unsere klauen«, schlägt Jakob vor.

»Drüben auf dem Festland?«, fragt Sam.

»Nein, wir mopsen denen die Dinger hier, sozusagen unter ihren Hintern weg. Wenn sie im Bootshaus sind. Und unsere Kanus sichern wir irgendwie, damit sie am Ende nicht doch damit abdampfen. Vielleicht schaffen wir es sogar, die Eindringlinge im Bootshaus einzusperren. Bei Wasser und Brot sozusagen.«

»Und was ist«, gibt Larissa zu bedenken, »wenn die einen Wachposten bei den Kanus zurücklassen, der dann Alarm schlägt, wenn er uns sieht? Also ich würde das zumindest so machen, wenn ich irgendwo einen Einbruch vorhätte. Ihr nicht?«

»Doch, da ist was dran …«

Theo springt vom Bett auf. »Wir könnten ja unter Wasser agieren! Vielleicht gibt es hier Tauchausrüstungen. Das wär doch was, oder?«

»Ja, klar«, bemerkt Shanti trocken. »Sehr realistisch, Theo.«

»Wir könnten aber auch ...«

»Wie wäre es mit ...«

Jetzt überlegen alle durcheinander. Besonders Jakob und Theo scheinen Spaß an der ganzen Sache zu haben.

»Mist! Wir haben schon sechs Uhr«, sagt Miu plötzlich. »Larissa und ich sind heute mit dem Abendessen dran. Ich glaub, ich muss los.«

»So spät schon?« Mir fällt auf einmal siedend heiß ein, dass ich Kira versprochen habe, sie anzurufen, sobald

ich mit Graf Dracula fertig bin. Das habe ich durch die ganze Aufregung komplett vergessen.

»Ich muss auch noch was erledigen«, sage ich. »Treffen wir uns nach dem Essen noch mal? Wieder hier bei dir, Theo?«

»Du willst jetzt weg, wo es gerade so spannend wird?« Theo sieht richtig enttäuscht aus.

»Ja, aber wir beratschlagen auf jeden Fall später weiter, versprochen.«

Auf dem Weg runter zum Seerosenteich halte ich Ausschau nach Prince. Nicht dass er mir hier wieder über den Weg läuft – so wie vor ein paar Tagen. Aber außer mir und einigen Fröschen ist niemand unterwegs. Also lasse ich mich gemütlich auf dem Gras nieder und ziehe mein Handy aus der Tasche, um Kira anzurufen. Mittlerweile habe ich auch die Nummern von meinen neuen Freunden hier auf der Insel eingespeichert, aber Kira ist immer noch die Nummer eins in der Liste!

Meine Freundin geht zum Glück sofort ran. Und sie scheint auch nicht sauer zu sein, weil ich erst jetzt anrufe.

»Und, wie war dein Schreiblabor?«, fragt sie.

»Horror! Natürlich hat sich ausgerechnet dieser Obervollhorst neben mich gepflanzt. Und dann hat er auch noch ein total düsteres Schlechtwettergedicht zum Besten gegeben. Ehrlich, Kira, Prince ist voll der Psycho! Ich glaub langsam, der verfolgt mich.«

Kira kichert. »Vielleicht steht er auf dich! Weißt du noch, der Milchaffe? Der blasse Typ mit den ewig langen Armen, der mir auf dem Schulhof immer aufgelauert hat? Der stand sogar vorm Mädchenklo und hat gewartet, bis ich wieder rausgekommen bin. Aber der hat nie ein Wort zu mir gesagt. Das war oberpeinlich. Zum Glück hat er die Schule gewechselt.«

»Oh ja, natürlich erinnere ich mich! Wir mussten immer Riesenumwege gehen, um ihn abzuhängen. Das war echt ätzend!« Es tut gut, mit Kira zu telefonieren. Mit ihr kann ich auch über die Sache mit Prince reden. Dass ich zum Beispiel schnell eine Gänsehaut bekomme, wenn ich ihn sehe, und mich ganz komisch dabei fühle, fast ein bisschen bedroht. Sogar dass ich gedacht habe, er könne vorhin neben mir jeden Moment im Sonnenlicht zu Staub zerfallen, vertraue ich meiner Freundin an.

»Da hilft nur eins«, sagt Kira resolut, »ein Kreuz!« Dann kichert sie. »Oder du hängst dir eine Kette aus Knoblauch um den Hals. Aber pass auf, dass du Graf Dracula nicht damit verscheuchst. Wie geht es dem Kleinen eigentlich?«

»Ganz passabel. Er bekommt jetzt ein Antibiotikum. Herr Naunheim kennt sich mit solchen Dingen zum Glück ganz gut aus.«

»Cool, dann können wir den Taubenmann irgendwann mit Lady Gaga verkuppeln.«

»Gute Idee! Daran habe ich auch schon gedacht.« Kira und ich haben echt oft die gleichen Einfälle. Vielleicht wäre jetzt der richtige Zeitpunkt, sie darauf vorzubereiten, dass ich womöglich länger hier im Internat bleibe.

»Weißt du ...«, setze ich an, aber genau in dem Moment rennt Xenia laut zeternd an mir vorbei. Sie scheint mich gar nicht zu bemerken, obwohl ich ihr sozusagen fast im Weg sitze.

»Geh weg!«, keift sie und bleibt auf meiner Höhe stehen. »Du, du ...«

Spinnt die? Meint die etwa mich? Nein! Tim, der Haussitter der Jungs, taucht plötzlich auf.

»Jetzt warte doch mal!«, ruft er. »Lass uns doch wie zwei vernünftige Menschen darüber reden.«

Aber Xenia lässt nicht mit sich reden. Stattdessen wirft sie ihre blonde Mähne zurück und schimpft weiter. So laut, dass sich ihre Stimme fast überschlägt. Zu allem Überfluss kommt jetzt auch noch Fleur wie eine wilde Furie angerauscht.

»Xenia«, ruft sie, »du glaubst den beiden doch wohl nicht etwa? Ich würde nie, nie was mit einem Typen anfangen, in den du dich verliebt hast. Ehrlich! Wie kannst du so etwas von mir denken?«

»Ja, wie kann sie bloß?«, murmele ich leise vor mich hin. »Wo Fleur doch die netteste Person der Welt ist.«

»Was ist denn bei euch schon wieder los?«, fragt Kira an meinem Ohr.

»Sieht ganz nach Zickenkrieg um einen Typen aus«, sage ich leise. »Ich ruf dich morgen wieder an, okay? Ich muss jetzt auch gleich zum Essen.«

»Ja, ist gut. Und denk an den Knoblauch!« Ich drücke Kira schnell weg und lasse mein Handy in der Tasche verschwinden.

»Ihr seid ja beide bescheuert«, stellt Tim gerade kopfschüttelnd fest, und ich finde, damit hat er absolut recht. Immerhin sind die beiden angeblich beste Freundinnen. Da streitet man sich doch nicht um einen Jungen! Aber das ist ja zum Glück nicht mein Problem.

Ich räuspere mich und stehe auf. Das hätte ich vielleicht lieber nicht machen sollen. Denn sofort zeigt Xenia mit ausgestrecktem Finger auf mich. »Wenn ich *das* gewusst hätte, dann hätte ich dich mit dem Dorftrampel in einem Zimmer verrotten lassen.«

Dorftrampel? »Nett«, sage ich. »Muss wohl an der Umgebung liegen. Hier spielen anscheinend gewisse Mädels immer verrückt.« Erst vor zwei Tagen ist Carla mir hier schluchzend entgegengekommen. Und dann hat sie mich ohne Grund beschimpft. Und die beiden verhalten sich ganz ähnlich. Ob von dem See vielleicht irgendwelche negativen Schwingungen ausgehen, die den Streitpegel bei einigen Mädchen erheblich steigen lassen?

»Verrückt, ich?«, keift Xenia.

Das wird mir echt zu blöd. Ich zucke mit den Achseln, dann drehe ich mich um und gehe schleunigst in Richtung Italien. Da bin ich wenigstens in ganz normaler Gesellschaft. Die Bekloppten hier sind jedenfalls mit ihrer Diskussion noch nicht fertig.

»Warte, ich komme mit!« Tim läuft mir hinterher. Ich weiß, dass Lizzy auf ihn steht. Er sieht ja eigentlich auch sehr nett aus. Groß, dunkelblond, strubbelige Haare.

Aber was hat er mit Fleur und Xenia zu tun?

»Glaub bloß nicht, dass an der Sache irgendwas dran ist. Die beiden haben sich da voll in was reingesteigert«, sagt er.

Ich weiß nicht so genau, was ich darauf antworten soll, weil ich mich aus der Geschichte lieber raushalten will. So ziehe ich nur eine Grimasse und wir gehen schweigend nebeneinander her. Auf einmal biegen Prince und Hendrik um die Hausecke.

»Das ist euer Werk, seht zu, wie ihr das wieder geradegebogen bekommt«, sagt Tim säuerlich und deutet zum Seerosenteich. »Die beiden Mädels sind unten am Wasser.«

Dass die zwei Holzköpfe was damit zu tun haben, wundert mich nicht. Die fabrizieren anscheinend wirklich nur Mist. Kira und der Vorschlag mit der Knoblauchkette kommen mir in den Sinn und ich muss grinsen.

»Das ist nicht komisch«, motzt Hendrik mich an. Dabei weiß er doch gar nicht, was mich so erheitert. Ich beschließe ganz meiner Strategie gemäß, nicht darauf einzugehen.

»Um wie viel Uhr geht die Sonne unter?«, frage ich Tim unschuldig.

Der guckt mich ziemlich erstaunt an. »So zwischen neun und halb zehn, schätze ich.«

»Komisch. Normalerweise stehen Vampire ja immer erst in der Dunkelheit von den Toten auf.«

Die Jungs verstehen nur Bahnhof. Und wahrscheinlich denken sie gerade, dass ich hier die Verrückte bin. Aber das ist mir egal. Wenn Kira das jetzt sehen könnte, würde sie sich kringelig lachen. Ich zucke mit den Schultern und lasse sie einfach stehen.

»Hat jemand von euch Fleur und Xenia gesehen?«, fragt Lizzy und schaut auf ihre Uhr. »Wir sind schon eine Viertelstunde später dran, normalerweise gibt es pünktlich um halb sieben Essen.«

»Die waren gerade noch unten am Seerosenteich«, sage ich.

»Dann lasst uns einfach schon anfangen«, schlägt Nina vor. »Die kommen bestimmt gleich.«

Auf einmal steht Tim in der Tür. »Hast du mal kurz Zeit?«, fragt er Lizzy.

Gut, dass ich mit dem ganzen Drama nichts zu tun habe, denke ich, als die beiden nach draußen verschwinden.

Das Essen ist wirklich toll. Miu und Larissa haben fleißig Obst und Gemüse geschnippelt, Brot aufgeschnitten, Wurst und Käse schön auf Platten dekoriert.

Wir haben schon fast aufgegessen, als Xenia, Fleur und Lizzy endlich auftauchen. Xenia hat verheulte Augen, ihre Schminke ist ganz verwischt.

»Petze«, sagt Fleur, als sie dicht an mir vorbeigeht.

»Was?« Meint die etwa mich?

»Halt dich gefälligst aus unseren Angelegenheiten raus!«

Mir fehlen die Worte. Da sitzt man nichtsahnend im Gras, unterhält sich friedlich mit der besten Freundin daheim – und schon befindet man sich mitten in einem Zickenkrieg. Und dabei habe ich gar nichts weiter zu Lizzy gesagt, außer dass die beiden unten am See sind. Ich beschließe, Fleur und Xenia mit Prince und Hendrik in eine Tonne zu hauen, befolge Kiras Rat und ignoriere ab sofort auch die blöde französische Pissnelke und ihre ehemals beste Freundin, die blöde Dumpfdotterblume, die jetzt wütend an mir vorbeidampft. So wie es aussieht, verschwindet Xenia ohne Abendessen auf ihr Zimmer. Fleur hingegen lässt sich lässig neben Aleyna nieder und tut so, als wenn gar nichts passiert wäre.

»Mann, habe ich Hunger!«, sagt sie lächelnd und

greift sich eine Brotscheibe. Entweder ist sie eine verdammt gute Schauspielerin oder ihr ist es wirklich egal, dass Xenia jetzt nicht dabei ist. Ich vermute Letzteres. Wahrscheinlich macht ihr die ganze Sache auch noch Spaß. So ein Biest!

Ich stupse Shanti an, die mit hochgezogenen Augenbrauen Fleur beobachtet. »Boah, bin ich froh, dass wir beide uns ein Zimmer teilen. Habe ich dir das heute schon gesagt?«, frage ich sie.

Shanti lächelt. »Ja, aber ich höre es immer wieder gern. Aber sag mal, was war das denn?«

Ich zucke mit den Schultern. »Die spinnt einfach. Am besten, wir ignorieren sie. Obwohl ... eine kleine Abreibung hätte sie schon verdient.«

»Ich bin dabei!« Shanti reibt sich die Hände. »Weißt du was? Genauso habe ich mir das Internatsleben immer vorgestellt!«

Vollhorst und Pissnelke in Love

»Hörst du was?«, flüstert Shanti und drückt ihr Ohr an die Tür.

»Nein, nichts.« Wir haben zehn nach elf. In Fleurs und Xenias Zimmer ist es dunkel, kein Licht dringt durch den Türspalt. »Normalerweise schnarcht die Pissnelke doch wie ein Reibeisen.«

»Dann ist sie vielleicht noch wach. Lass uns mal von draußen reingucken. Vielleicht haben sie das Fenster auf, dann können wir die Bombe auch so an ihr Ziel befördern«, schlägt Shanti vor und ich nicke zustimmend.

Auf Zehenspitzen laufen wir zurück in unser Zimmer. Dass wir unten wohnen, hat den ungemeinen Vorteil, dass wir ohne Probleme auch mitten in der Nacht nach draußen klettern können. Shanti schwingt ihre Beine schon über das Fensterbrett, als ich hinter dem Seerosenteich schemenhaft eine Silhouette wahrnehme.

»Warte!«, flüstere ich und greife nach Shantis Arm.

»Ich glaub, Herr Naunheim macht gerade wieder seine Kontrollrunde.«

»Wo denn?«

»Da unten am See, und so wie es aussieht, ist er schon auf dem Rückweg.«

»Gestern war er auch hier um die gleiche Zeit. Gut zu wissen.«

»Hast du die Bombe?«, frage ich.

»Klar!«

Wir warten noch einen Moment, dann springen wir runter ins Gras.

»Fleur schläft bestimmt in dem Bett neben der Tür und weg vom Fenster«, mutmaße ich. »Zumindest wollte sie das so, als sie noch bei mir genächtigt hat. Sie hat nämlich Angst, dass sie sich erkältet, wenn sie zu viel frische Luft abkriegt.«

»Das passt zu ihr.« Shanti hat sich schon vor dem Nachbarzimmer in Position gebracht. »Mist!«, mault sie. »Zu! Und die Rollos sind auch runter.«

»Schade, dann müssen wir uns was anderes einfallen lassen. Vielleicht haben die Jungs noch eine Idee.«

»Jedenfalls sollten wir sie morgen versenken«, sagt Shanti und betrachtet versonnen das kleine Fläschchen mit Sprühkopf auf ihrer flachen Hand.

Theo hat uns die Stinkbombe gegeben. Es passt zu ihm, dass er mit allen möglichen Materialen ausgestattet ist, um anderen eins auszuwischen. Er ist eben Stipendiat wie ich. Nur hatte er mehr Zeit, um sich auf den

Aufenthalt hier vorzubereiten. Und da er genauso wie ich davon ausgegangen ist, hier würden ausschließlich eingebildete Schnösel residieren, hat er sozusagen vorgesorgt: Stinkbomben, Juckpulver, Gummispinnen, das volle Programm.

Wir haben uns für die ekligste Variante entschieden. Die kleinen Bomben stinken ganz gemein nach faulen Eiern, wie Theo uns stolz, zum Glück im Freien, vorgeführt hat. Unser Plan war, die kleine Aufmerksamkeit so zu platzieren, dass Fleur selbst gleich nach dem Aufstehen die Bombe platzen lässt. Wir wollten sie unter einem ihrer pinken Glitzerhausschuhe verstecken. Doch richtig ausgereift war unser Vorhaben anscheinend nicht.

»Guck mal«, sage ich und zeige nach oben, »Miu und Larissa sind noch wach.« Das Rollo der beiden ist zwar auch runtergezogen, aber man kann ganz deutlich Licht zwischen den einzelnen Lamellen durchschimmern sehen. »Wollen wir noch auf einen Plausch zu ihnen hoch?«

»Klar, ich kann eh noch nicht schlafen«, sagt Shanti und lässt die Stinkbombe in der Jackentasche ihres Pyjamas verschwinden.

»Pass bloß auf, dass das Ding nicht vorzeitig hochgeht …«, sage ich mahnend.

Wir haben uns vorhin mit den Jungs die Köpfe heißgeredet wegen der geplanten Kanu-Klauaktion von den Festlandfuzzis und sind deswegen immer noch ziemlich aufgekratzt. Als Clemens dann erzählt hat, dass es irgendwo im Schloss ein geheimes Buch geben soll, in dem sämtliche Schülerstreiche notiert wurden, war es ganz vorbei. Schnullerbacke hat das bei einem Telefonat mit seinem Vater erfahren, der sich anscheinend gern an die alten Zeiten erinnert und deswegen auch bereitwillig seinem Sohn Bericht erstattet.

Angeblich wissen immer nur zwei eigens bestimmte Schüler, wo sich das Buch befindet. Einer aus der Oberstufe wählt jemanden aus der Mittelstufe aus und gibt ihm das Geheimnis weiter. So wie es aussieht, ist schon lange nichts mehr in das Buch geschrieben worden. Und in der einen Sache waren wir uns alle einig: Das Buch muss mit neuen Aktionen gefüllt werden, wenn die MCGler tatsächlich am Wochenende hier auflaufen sollten, um uns ein Kanu zu klauen!

Jetzt müssen wir nur noch rausfinden, wer von den Schülern weiß, wo das Buch versteckt wird. Oder noch besser: Wir finden das Buch selbst. Es muss ziemlich dick und mittlerweile recht vollgeschrieben sein, meint Clemens' Vater. Wenn ich einen dicken Wälzer verschwinden lassen müsste, würde ich das in der Bibliothek machen. Aber die Jungs haben natürlich gleich wieder einen Zusammenhang mit dem Geheimgang vermutet und dass es irgendwo unterirdisch zu finden sei. Und auf einmal waren sie ganz begeistert von der Tatsache, dass Clemens am Freitag nach Hause fährt.

»Und vergiss die Pläne nicht«, hat Theo mindestens zehnmal zu ihm gesagt. Er hatte nichts anderes mehr im Kopf. Erst als Shanti und ich kundtaten, dass Fleur unbedingt mal eine kleine Abreibung verdient hat, nervte er uns nicht mehr mit seinen Geheimgangtheorien und präsentierte uns stolz seine Schätze, die er für besondere Anlässe in einer Kiste unter dem Bett aufbewahrt.

Leise klopfen wir an Larissas und Mius Zimmertür. Als eine ganze Weile nichts passiert, versuchen wir unser Glück noch einmal, aber es tut sich immer noch nichts.

»Die sind ganz sicher noch wach.« Shanti zeigt auf den Türspalt, durch den gedämpftes Licht und die Bewegung eines dunklen Schattens zu erkennen sind. Dann pocht sie noch ein weiteres Mal gegen die Tür, die diesmal geöffnet wird.

»Was ist?« Larissa guckt uns blinzelnd an. Sie hat einen Arm auf ihre Hüfte gestemmt und sieht ganz so aus, als würde sie jeden Moment eine Schimpftirade starten.

Ob sie vielleicht schon geschlafen hat? Doch gleich darauf wird ihr Blick freundlicher und sie lächelt uns an. »Ach, ihr seid es. Kommt rein!«

Wir schlüpfen schnell ins Zimmer und halten überrascht inne, als wir Xenia vor Mius Bett auf dem Fußboden sitzen sehen.

»Wir dachten schon, da steht Fleur vor der Tür«, sagt Miu und winkt uns zu.

»Diese dumme Sumpfkuh!«, entfährt es Xenia. Dann schnieft sie. »Ich hätte nie gedacht, dass sie so gemein sein kann!«

»Was ist denn passiert?« Shanti lässt sich neben Xenia nieder, während ich unentschlossen stehen bleibe. Der *Dorftrampel*, den Xenia mir an den Kopf geworfen hat, fällt mir wieder ein. Eigentlich hätte Xenia auch eine kleine Lektion verdient. Aber so wie es aussieht, leidet sie schon genug. Geschieht ihr recht!

Larissa macht es sich auf ihrem Bett bequem und klopft einladend neben sich auf die Matratze. »Setz dich doch«, sagt sie zu mir und ich lasse mich bei ihr nieder.

Shanti ist echt zu gut für diese Welt. Hält sie doch tatsächlich Xenias Hand und muntert sie dazu auf, uns zu erzählen, was Fleur ihr angetan hat. Ich habe mir zwar vorgenommen, mich da rauszuhalten, höre aber trotzdem gespannt zu. Xenia hat sich nämlich wirklich ein bisschen in Tim verknallt, wie sie gerade zugibt.

»Ich wusste nichts von Lizzy, ehrlich nicht!«, sagt sie und das war eindeutig an mich gerichtet.

Ich hebe abwehrend die Hände. »Das musst du mir nicht erklären. Ich habe mir den Mund nicht verbrannt. Von mir hat sie nichts erfahren.«

»Auf jeden Fall war ich so doof«, sagt Xenia und zieht die Nase hoch, »und habe Fleur von meiner Schwärmerei erzählt. Und die … und die …«

Ach herrje, was für ein Drama! Zum Glück habe ich mit so einem Jungenskram nix am Hut.

»Ich wusste ja nicht, dass sie selbst scharf auf ihn ist«, heult Xenia.

»Fleur ist jedenfalls mit allen Wassern gewaschen. Mir hat sie nämlich erzählt, dass sie voll auf Prince steht«, erzählt Larissa. »Vielleicht gönnt sie dir Tim einfach nicht und will ihn dir deswegen ausspannen. Könnte doch sein.«

Fleur und Prince? Das wird ja immer besser! Obwohl, irgendwie passen die beiden zusammen. Vollhorst und Pissnelke in Love! Da haben sich ja die Richtigen zusammengetan.

Shanti sieht das wohl ähnlich. Sie wirft mir einen vielsagenden Blick zu und verdreht dabei die Augen.

»Und woher weißt du, dass Fleur auf Tim steht?«, frage ich – und ärgere mich im nächsten Moment, weil ich mich doch eigentlich raushalten wollte.

»Das hat Hendrik mir im Vertrauen erzählt«, erklärt Xenia. »Er hat gesagt, Fleur und Tim wären schon so gut wie zusammen.«

»Hm … im Vertrauen, soso. Aber irgendwie komisch,

wo Tim doch ganz offensichtlich auf Lizzy zu stehen scheint«, sagt Shanti und löst damit eine erneute Jammertirade bei Xenia aus.

»Woher will Hendrik das denn gewusst haben?«, hake ich ungeachtet dessen nach.

»Das hat Fleur ihm selbst erzählt.« Zum ersten Mal schaut Xenia mich direkt an. »Es tut mir übrigens leid wegen vorhin ... Na ja, du weißt schon.«

»Schon okay.« Ich bin ja nicht nachtragend und nehme Xenias Entschuldigung an, obwohl ich dem Braten immer noch nicht richtig traue. »Sag mal, seit wann kennt ihr euch eigentlich schon? Ich meine, seid ihr schon lange Freundinnen?«

»Seit unserer Geburt. Unsere Mütter sind miteinander befreundet. Sie haben ihre Schwangerschaften so geplant, dass wir ungefähr zeitgleich zur Welt kommen. Mein Vater ist Chefarzt einer Privatklinik, in der wir auch geboren wurden. Ich bin zwei Wochen älter als Fleur.«

»Meine Mutter war einfach nur verliebt, als sie in einer Vollmondnacht mit mir und meinem Bruder schwanger wurde«, sagt Shanti. »Ich bin ein Kind der Liebe.«

Geplante Schwangerschaften? Vollmondnacht? Damit kann ich nicht dienen. Ich gucke Larissa und Miu an, die mit den Schultern zucken und diesbezüglich wohl auch nichts beitragen können. Das beruhigt mich ein bisschen. Ich weiß, dass meine Eltern sich auf mich gefreut haben. Und das reicht mir.

»Dann haben sozusagen eure Mütter bestimmt, dass

ihr auch Freundinnen werden sollt«, stellt Larissa fest. »Hättest du dich auch mit ihr angefreundet, wenn du sie irgendwo anders kennengelernt hättest? Zum Beispiel erst hier, im Internat?«

»Niemals! Fleur ist total egoistisch. Sie denkt immer zuerst an sich. Ich weiß nicht, ob sie überhaupt jemals an andere denkt. Und sie will immer bestimmen und weiß alles besser.«

»Und trotzdem bist du ihre Freundin?«, fragt Shanti. »Ich meine, es zwingt dich doch niemand dazu. Oder bekommst du dann Stress mit deiner Mutter?«

»Nein, die streitet ja auch ständig mit Fleurs Mutter. Die ist nämlich genauso selbstsüchtig.«

»Na, dann hindert dich doch nichts mehr daran, von ihr Abstand zu nehmen«, sagt Shanti.

»Das werde ich. Und nicht nur das! Ich zahle es Fleur auf jeden Fall heim! Ich weiß nur noch nicht wie.« Xenia wischt sich die Tränen aus dem Gesicht. Ungeschminkt und im Nachthemd sieht sie ganz normal aus, fast nett – abgesehen von ihrem schiefen Zinken, der ihr den gewissen Hexenlook verpasst. Vielleicht habe ich mich ja doch in ihr getäuscht.

»Ich halte für solche Fälle immer eine kleine Überraschung bereit.« Shanti greift in ihre Pyjamatasche. »Seht mal!«

»Was ist das?« Miu rutscht interessiert näher. Sie hat bisher noch gar nichts gesagt und die ganze Zeit nur still vor sich hin gelächelt.

»Eine Stinkbombe! In dem kleinen Fläschchen ist eine Flüssigkeit, die höllisch nach faulen Eiern duftet. Es dauert Stunden, bis der Gestank verflogen ist, wenn man damit in Berührung gekommen ist«, erklärt Shanti.

»Und warum schleppst du so etwas mit dir im Schlafanzug herum?«, fragt Larissa.

Gute Frage! Larissa ist echt clever. Bevor Shanti etwas von unserem Vorhaben ausplappert und es vielleicht hinterher bereut, sage ich schnell: »Die haben wir den Jungs abgeluchst, um sie mal auszutesten. Aber da haben wir Licht bei euch gesehen und wollten nachschauen, was hier los ist.«

»Zeig mal!« Xenia greift neugierig nach der Stinkbombe, wobei diese Shanti fast aus der Hand fällt. Für einen Moment halte ich die Luft an.

»Pass bloß auf«, ruft Shanti. »Das Zeug riecht gemein nach Gülle!«

»Pst«, macht Miu, »nicht so laut! Es muss ja nicht gleich jeder mitkriegen, dass wir hier eine kleine Nachtkonferenz halten.«

Xenia hält ihren Kopf über das kleine Fläschchen in Shantis Hand. »Die würde sich gut in Fleurs Kosmetiktasche machen«, überlegt sie.

»Also ... wenn du sie haben willst, gebe ich sie dir.« Shanti grinst mich verschwörerisch an. »Das scheint mir doch eine bessere Verwendung zu sein, als sie einfach so draußen auf den Boden fallen zu lassen ...«

»Echt?« Xenia nimmt mit glänzenden Augen die Stinkbombe an sich. Als es an der Zimmertür klopft, schließt sie schnell die Faust um das kleine Fläschchen und versteckt sie hinter ihrem Rücken.

Wenn das mal gut geht, denke ich.

Larissa öffnet die Tür. Lizzy steht davor, wir waren wohl doch etwas zu laut.

»Dachte ich mir doch, bei dem Lärmpegel, dass ihr hier alle zusammengluckt«, sagt sie und schaut in die Runde. »Xenia, ich glaube, wir sollten uns mal unterhalten. Kommst du kurz mit?«

Xenia nickt ergeben und steht sofort auf.

»Ich will mich ja nicht als Oberlehrerin aufspielen, aber Shanti und Paulina, ihr solltet euch jetzt schleunigst in euer eigenes Domizil begeben.« Lizzy zeigt auf ihre Uhr. »Es ist schon verdammt spät!«

Gehorsam verschwinden wir wieder auf unser Zimmer.

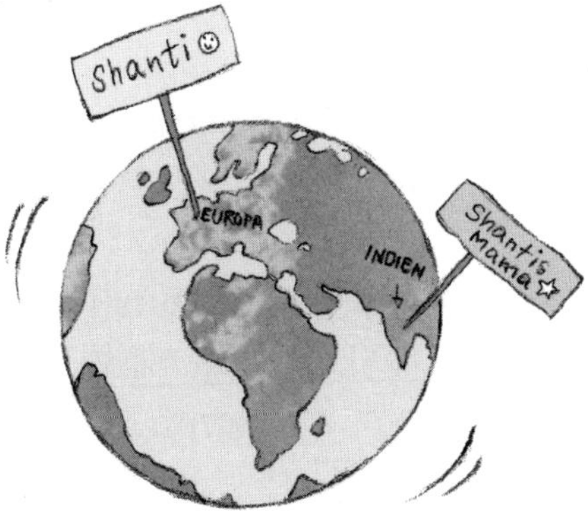

Was für ein genialer Schachzug! Zufrieden liegen wir in unseren Betten.

»Oh, Fleur, du duftest aber heute gut«, flöte ich mit zuckersüßer Stimme. »Wie heißt denn der neue Duft, der deinen Körper so dermaßen zart umhüllt?«

»*Boule puante*«, säuselt Shanti zurück.

»Heißt das etwa Stinkbombe auf Französisch?«

»*Mais oui!*«, kichert Shanti.

»Was du alles weißt!«, gebe ich überrascht zurück.

»Meine Mutter hat ein paar Jahre in Frankreich gelebt, bevor sie meinen Vater kennengelernt hat und nach Deutschland gezogen ist. Aber in den Ferien sind wir regelmäßig in die Bretagne gefahren. Manchmal waren wir da sechs Wochen am Stück. Das war total schön. Und mir gefällt die Sprache. Sie klingt wie eine Melodie, finde ich.«

»Vermisst du deine Mutter sehr?«, frage ich. Shanti hat mir erzählt, dass ihre Mutter ein ganzes Jahr lang quer durch Indien reist, um dort zu sich selbst zu finden. Ich finde das ja irgendwie total verrückt. Erst trennen sich ihre Eltern, der Vater behält Sam, die Mutter Shanti – und dann verschwindet die Mutter auch noch auf einen Selbstfindungstrip. »Wir müssen nicht darüber reden, wenn du das nicht möchtest«, schiebe ich vorsichtshalber schnell hinterher.

Ich will Shanti nicht auf trübe Gedanken bringen und bereue auf einmal meine Frage.

»Ist schon okay. Darüber zu reden, tut bestimmt ganz gut. Ich vermisse meine Mutter total.«

»Das kann ich mir gut vorstellen. Das ginge ich mir auch so.«

»Indien ist halt so verdammt weit weg! Ich kann noch nicht einmal einfach so zwischendurch anrufen und mit ihr quatschen.«

»Mein Vater ist auch oft unterwegs. Als Musiker reist er quer durch Deutschland. Dann ist er manchmal zwei bis drei Wochen weg. Aber ein ganzes Jahr lang. Das kann ich mir nicht vorstellen …«

»Am Anfang fand ich es total schlimm, besonders als ich erfahren habe, dass ich ins Internat muss.«

»Das war für mich allerdings auch der Hammer. Ich habe absolut nicht damit gerechnet, dass ausgerechnet ich das Stipendium bekomme. Ich habe voll geheult, als ich es erfahren habe.«

»Und ich erst! Und dann habe ich eine ganze Zeit lang nicht mehr mit meiner Mutter geredet.«

»Wie lange denn?«

»Na ja, ehrlich gesagt nur vier oder fünf Stunden. Bis sie zu mir gekommen ist und mir gesagt hat, dass sie nicht fahren wird. Aber das wollte ich dann auch nicht. Sie hat dann letztendlich mich entscheiden lassen. Ich glaube, mit diesem Schachzug hat sie mich voll ausgetrickst!«

»Dafür wollte ich meine Mutter austricksen und nach drei Tagen zurück nach Hause kommen. Hat ja gut geklappt!«

»Ja, echt gut«, sagt Shanti und seufzt. »Anscheinend sind unsere Mütter cleverer als wir. Zum Glück ist jetzt Sam hier bei mir. Und du bist auch da. Da wird das Jahr ganz bestimmt schnell vorbeigehen.«

»Ich habe meiner Freundin Kira in Bottrop noch nicht erzählt, dass ich hierbleiben will«, erzähle ich plötzlich offenherzig. »Irgendwie traue ich mich nicht. Sie ist dann bestimmt total enttäuscht – und super sauer auf mich.«

»Hm ...« Shanti überlegt ein Weilchen, dann sagt sie: »Kann ich verstehen, dass du ihr das nicht gern sagen möchtest, aber ich glaube, dass sie es auf jeden Fall verstehen wird.«

»Meinst du?«

»Ja, weil ihr nämlich echte Freundinnen seid, nicht so doofe Zicken wie Xenia und Fleur. Obwohl Xenia ja doch ganz nett zu sein scheint. Zumindest wenn sie allein unterwegs ist. Aber so im Zweierpack ... Die beiden sind doch nur neidisch aufeinander. Jede will die Schönste sein. Und dann spannen sie sich auch noch gegenseitig die Freunde aus. Die angeblichen Freunde! Und das Beste ist: So wie es aussieht, wollen Tim und Prince gar nichts von den beiden Hühnern wissen. Und die sind so doof, dass sie es noch nicht einmal bemerken und sich lieber total zerstreiten.«

»Bist du dir sicher? Vielleicht stehen die Jungs ja doch auf sie«, merke ich an.

»Quatsch!«, sagt Shanti voller Überzeugung. »Tim steht auf Lizzy – und Prince, der steht ja wohl eindeutig auf dich!«

»Boah, Shanti!« Mein Kissen fliegt quer durch das Zimmer in Richtung Shantis Kopf.

»Danke, jetzt habe ich zwei! Ist auch viel gemütlicher.« Shanti schüttelt demonstrativ mein Kopfkissen auf. »Wenn er nicht so ein Idiot wäre ... Gut aussehen tut er ja, das muss man ihm lassen.«

»Prince? Der ist doch total blass. Wenn das Licht auf seine Haut fällt, kann man die Adern violett durchschimmern sehen. Und dann noch diese düsteren Augen. Brrrrr! Kira meint ... ach nix.«

Shanti steht auf und bringt mir mein Kissen ans Bett.

»Was meint sie, rück schon raus mit der Sprache.«

»Sie hat gesagt, ich brauche eine Knoblauchkette oder zumindest ein kleines Kreuz, um mir den Blutsauger vom Hals zu halten.«

Shanti nickt zustimmend. Das kann ich durch das einfallende Licht genau sehen.

»Wir haben bald Vollmond, ich glaub morgen schon«, sagt sie. »Am besten basteln wir dir so bald wie möglich ein Schutzkreuz.«

Der Mond steht fast kreisrund am Himmel, es fehlt

wirklich nicht mehr viel. Irgendwo in der Ferne gibt eine Eule ein Solokonzert. Und zu allem Überfluss haben wir gerade genau zwölf Uhr Mitternacht, Geisterstunde. Als sich plötzlich eine dicke Wolke am Mond vorbeischiebt, wird es sekundenlang stockdunkel im Zimmer. Ich kuschele mich in meine Decke.

»Aber jetzt sollten wir erst einmal schlafen.« Shanti gähnt herzhaft. »Ich bin voll müde.«

»Das ist gut. Ich auch.«

»Gute Nacht«, murmelt Shanti und schläft sofort ein.

Bin dabei, Pempelfurz!

So viel zu dem Thema *Xenia scheint ja doch ganz nett zu sein.* Angewidert halte ich die Luft an.

»Das gibt Rache, darauf kannst du einen lassen!«, sagt Shanti und hält sich die Nase zu.

»Boah, diese doofen Pissnelken!« Ich reiße das Fenster auf und atme gierig die frische Luft ein. »Ich sterbe gleich!«

Shanti ist sofort neben mir. Heute hat sie mich nicht wach gebrummt. Es war vielmehr ein nach faulen Eiern und Gülle stinkender Dunst, der mich ziemlich unsanft aus dem Schlaf gerissen hat. Zuerst habe ich vermutet, Shanti hätte vielleicht das Essen nicht vertragen und die Luft in unserem Zimmer durch ihre Gase verpestet, aber dann ist mir die Stinkbombe wieder eingefallen – und Xenia.

»Wir müssen nach dem Herd des Gestanks suchen«, schlage ich vor. »Das Fläschchen kann ja nicht weit geflogen sein. Das Fenster war die ganze Nacht gekippt. Sie müssen es durch den Spalt hereingeworfen haben.«

Wir halten uns die Nasen zu und suchen den Fußboden ab.

»Nix«, sagt Shanti, als wir uns zum Luftschnappen wieder am Fenster einfinden. »Obwohl ... warte mal.« Sie schnuppert irritiert in meine Richtung. »Ich glaube, das Zeug muss irgendwo an dir kleben.«

»An mir?« Aufgebracht schaue ich an mir herunter. Währenddessen sucht Shanti mein Bett ab.

»Hier!« Sie zeigt auf ein paar Minisplitter und einen kleinen nassen Fleck auf meiner Matratze.

»Diese blöden Biester. Wir hätten es wissen müssen! Oh Mann, Shanti, wie konnten wir nur so doof sein?«

»Na ja, eigentlich wollten wir ihr die Bombe zuerst ins Zimmer schmeißen. Das ist jetzt die Quittung.«

»Jetzt fang bloß nicht wieder damit an, dass man alles im Leben zurückbekommt, und dem ganzen Kram. Obwohl, *die* bekommen das auf jeden Fall zurück. Das gibt Rache, aber ordentlich!«

»Jetzt lass uns erst einmal schauen, wie wir den Gestank loswerden. Der Fleck ist im Fußbereich der Matratze, das Zeug muss also irgendwo an deiner Pyjamahose kleben – oder an den Beinen.«

»Scheiße!«, entfährt es mir.

»Nein, Schwefelwasserstoff! Schnell, zieh deine Sachen aus und spring unter die Dusche, sonst stinkst du den ganzen Tag, wenn du Pech hast.«

Ich begebe mich sofort auf den Weg ins Badezimmer.

»Da sind Gummibezüge zum Schutz unter dem Spannbettlaken«, ruft Shanti, die sich an meiner Matratze zu schaffen macht. »Bestimmt gibt es hier ab und zu Bettnässer.«

Ich seife mich gründlich mit meinem Duschzeug ein, das angenehm nach Kokos duftet. Der ekelhafte Geruch verschwindet langsam und ich entspanne mich ein bisschen. Wenigstens muss ich jetzt nicht als wandelnde Stinkbombe durch die Gegend laufen. Aber ganz beruhigen kann ich mich nicht. Das Schlimme an der Sache ist, dass ich mich am meisten über mich selbst ärgere. Dass Fleur Xenia letzte Nacht doch noch weichgekocht hat, hätte ich wissen müssen. Außerdem ist das ja mal wieder typisch. Shanti drückt Xenia die Stinkbombe in die Hand, und wo landet sie? Auf mir!

Ich greife nach Shantis Duschzeug und gebe mir dadurch noch eine Fuhre Erdbeerduft. Der ekelhafte Gestank ist jetzt wirklich nicht mehr wahrzunehmen. Das ändert sich jedoch, als Shanti im Badezimmer auftaucht.

»Die Matratze hat durch den Schonbezug nix abbekommen, aber die Bettwäsche muss unbedingt gewaschen werden.« Sie hält den Bezug mit zwei Fingern in die Luft. Mit der anderen Hand zeigt sie auf meinen Schlafanzug, der vor der Duschkabine am Boden liegt. »Und der auch!«

»Ich bin gleich fertig.« Vorsichtshalber schrubbe ich mich noch einmal ordentlich ab.

Als ich aus der Dusche steige, habe ich das Gefühl, keine Haut mehr zu haben. Shanti reicht mir mein Handtuch, schmeißt den Bezug und meinen Schlafanzug in die Duschkabine und stöpselt den Abfluss zu. Sie greift nach meinem Duschgel und spritzt mindestens die Hälfte der Flasche auf den stinkenden Stoffhaufen. Dann lässt sie Wasser darüber laufen.

»Das muss jetzt erst mal einweichen und dann schleunigst in die Waschmaschine«, sagt sie und öffnet das kleine Badezimmerfenster. »Am besten lassen wir die Tür und beide Fenster offen, das gibt Durchzug.«

»Kannst du mal an meinen Beinen riechen?«, frage ich.

Wenn das jetzt jemand sehen könnte! Eingewickelt in mein Handtuch, stehe ich statuengleich mitten im Zimmer, während Shanti auf allen vieren an meinen Unterschenkeln herumschnuppert und draußen Sir James sein morgendliches Kikeriki von sich gibt.

Mein Wecker hat noch nicht geklingelt. Es scheint also noch relativ früh am Morgen zu sein.

»Erdbeere.« Shanti steht auf und grinst mich an.

Ich grinse zurück. »Und jetzt?«

»Wir lassen uns auf jeden Fall was einfallen. Die Genugtuung gönne ich den beiden nicht.«

»Also tun wir so, als wäre gar nichts passiert?«

»Nein, ich habe eine bessere Idee! Vor dem Frühstück müssen wir unbedingt noch mal zu Theo und seiner Schatzkiste.«

»Da vorn sitzen sie«, flüstere ich Shanti zu, »bei Aleyna und Marie.«

»Okay, dann mal los!«

»Hallo, ihr zwei«, begrüßt Marie uns freundlich. Bisher habe ich noch nicht viel mit ihr zu tun gehabt, aber sie ist anscheinend ganz nett. »Wollt ihr euch heute mal zu uns setzen?«

Xenia starrt angestrengt auf ihren Frühstücksteller. Sie traut sich nicht, den Kopf zu heben und uns anzusehen. Aber Fleur hat damit keine Probleme. Sie springt sofort auf Maries Einladung an.

»Hm«, sagt sie und schnuppert demonstrativ durch die Luft. »Irgendwie müffelt es jetzt auf einmal sehr unangenehm.«

»Das müssen deine schlechten Gedanken sein«, kontert Shanti. »Bestimmt stinken die.«

Fleur schnappt nach Luft. Mit so viel Schlagfertigkeit hat sie nicht gerechnet. Und ich auch nicht. Shanti ist echt genial!

»Ihr müsst schon ein bisschen cleverer vorgehen, wenn ihr mich und meine Freundin in die Pfanne hauen wollt«, keift Fleur.

Mich und meine Freundin. Der Esel nennt sich stets zuerst, sagt meine Oma immer. Zu Fleur passt der Spruch.

»Und vor allen Dingen solltet ihr nachts das Fenster schließen. Wer weiß, was da alles passieren kann. Ich mach mir echt Sorgen um euch«, setzt Fleur noch einen drauf und klingt diesmal zuckersüß.

»Hm«, sage ich im gleichen Tonfall und halte die kleine Stinkbombe in die Luft, die wir uns kurz vorher von Theo geholt haben. »Und ihr müsst schon besser zielen, wenn ihr uns eins auswischen wollt. Weiche Matratzen federn irre gut ab.«

»Was für ein Glück, dass sie heil geblieben ist, nicht wahr, Paulina?«, sagt Shanti und grinst von einem Ohr bis zum anderen. »Wir finden bestimmt bald mal eine passende Gelegenheit, sie zu testen. Irgendwann, wenn die Zielperson gar nicht damit rechnet.«

»Ups! Das wird bestimmt sehr unangenehm werden für die Arme«, sage ich mitleidig. »Das Zeug muss die Hölle sein.« Dass ich das nun aus eigener Erfahrung weiß, wird Fleur zum Glück nie erfahren.

Xenia starrt immer noch auf ihren blöden Teller, während Fleur sie mit vorwurfsvollen

Blicken durchbohrt. Bestimmt hat Xenia die Bombe durchs Fenster geschmissen und nun gibt Fleur ihr die Schuld daran, dass sie nicht zerbrochen ist.

»Die macht sich bestimmt gut in Fleurs Kosmetiktasche. Wer hat das noch mal gesagt?« Shanti guckt mich fragend an.

»War das nicht Xenia gestern Abend? Ach ja, und was hat Lizzy denn eigentlich mit dir besprochen? Hat sie dir gesagt, dass du die Finger von Tim lassen sollst? Du hast doch nicht wirklich gedacht, dass du auch nur den Hauch einer Chance bei ihm hast, oder?«

Xenia ist mittlerweile puterrot angelaufen. Shanti wird mit ihrer Vermutung also recht haben.

Ich wende mich an Marie: »Danke für deine Einladung, Marie, aber wir setzen uns lieber woandershin. Nix gegen dich und Aleyna, aber die Atmosphäre hier am Tisch ist momentan nicht sehr angenehm, sondern irgendwie verpestet.«

Shanti greift nach meiner Hand. »Gehen wir zu unseren Freunden, Paulina. Da drüben ist die Luft noch in Ordnung. Und halt die Stinkbombe gut fest. Nicht dass sie dir hier noch runterfällt.«

»Und«, fragt Theo, »hat es geklappt?«

»Ja, danke noch mal. Es ist alles gut gegangen. Jetzt brauch ich nur noch neue Bettwäsche. Und die andere muss gewaschen werden.« Wir haben zwar eine Waschmaschine in Italien, aber da möchte ich sie ungern reinstecken. Sonst findet Fleur am Ende doch noch heraus, dass die Bombe in unserem Zimmer hochgegangen ist.

»Wir könnten die Köchin fragen«, schlägt Clemens vor. »Soweit ich weiß, organisiert sie auch die Wäsche. Vielleicht können wir die Sachen einfach austauschen.«

»Das wäre natürlich super. Kannst du zu ihr gehen?« Clemens hat einen guten Draht zur Küchenfee. Er hilft ihr immer, die Lebensmittel in die Vorratskammer zu schleppen, dafür steckt sie ihm die eine oder andere Leckerei zu.

»Klar, mach ich gleich nach dem Unterricht. Wir haben heute ja nur vier Stunden. Am Nachmittag holt mich dann mein Vater ab.«

»Wieder mit diesem kleinen Spezialhubschrauber?«, fragt Theo interessiert.

»Ja.« Clemens seufzt. Ihm ist das anscheinend peinlich. Er ist ein echter Lord, oder zumindest wird er es irgendwann werden, wenn er den Titel erbt.

Theo findet das alles hochinteressant. »Meinst du, ich darf auch mal mitfliegen?«

»Bestimmt. Aber erst müssen wir den Unterricht überstehen. Wir haben heute Geschichte bei der Eisenhardt. Die soll ihrem Namen ja alle Ehre machen. Außerdem muss sie steinalt sein. Mein Vater hatte sie auch schon im Unterricht.«

»Man nennt sie auch Mrs Steel«, gebe ich zum Besten. »Weiß ich von Lizzy.«

»Wann wurde Karl der Große zum Kaiser gekrönt?« Mrs Steels Finger zeigt auf mich. »Du da! Das Mädchen mit den roten Haaren.«

Mist! Wie war das noch mal? »Acht, null, null, Karl stieg auf den Stuhl«, gebe ich zum Besten – und ernte Gelächter von meinen Mitschülern. Die Eisenhardt zieht pikiert ihre linke Augenbraue hoch und starrt mich durchdringend an. War das falsch, was ich gesagt habe? Oder hat sie es vielleicht nicht verstanden?

»Achthundert nach Christi Geburt«, erkläre ich.

»Ein Reim, warum nicht«, sagt die Eisenhardt. »Und jetzt du. Das Mädchen mit dem schrillen Lachen hier vorn.« Mrs Steel fixiert Fleur. »Wann wurde Rom gegründet?«

Fleur zuckt hilflos mit den Schultern. Vor Aufregung wippt ihr rechter Fuß schnell hoch und runter. Das leise Klackern ihrer Absätze ist gut zu hören, weil es ansonsten mucksmäuschenstill im Klassenraum ist.

»Was klopft hier so?«, fragt die Eisenhardt und das Klackern verstummt augenblicklich. Dass Fleur auch rot werden kann, hätte ich nie gedacht.

»Andere auslachen sollte man nur, wenn man selbst alles weiß. Und so jemand existiert nicht.« Die Eisenhardt fixiert Fleur mit strengem Blick. »Also verkneif dir das Gegackere in Zukunft.« Ich beschließe spontan, die grauhaarige Frau mit den hellblauen Augen zu mögen. »Das gilt übrigens für euch alle!«

Jetzt muss ich meine Lippen fest zusammenpressen,

damit ich nicht augenblicklich loslache. Shanti geht es genauso. Sie stupst mich unauffällig in meine Seite, aber ich sehe sie nicht an, aus Angst davor, einem Lachflash zu erliegen.

»Ja, äh, Entschuldigung«, krächzt Fleur.

»Du?« Der Finger zeigt wieder auf mich.

»Ich heiße Paulina«, rutscht es mir heraus und im selben Moment bereue ich es. Aber die Eisenhardt reagiert gelassen. »Ich weiß«, sagt sie. »Du hast die Goldene Rose verliehen bekommen. Courage hast du. Aber was ist mit Rom, Paulina?« Wir hatten in Bottrop Geschichte bei der Knauer. Die hat zu jedem Ereignis den passenden Merksatz parat gehabt. Das war zwar manchmal sehr nervig, aber jetzt bin ich froh darüber, denn die Sprüche sind fest in meinem Kopf verankert. Ich sage: »Sieben, fünf, drei, Rom schlüpft aus dem Ei.«

»Sehr gut! Und jetzt du …« Die Eisenhardt setzt ihre Fragerunde fort und macht sich dabei Notizen in einem kleinen roten Büchlein. Am Ende der Stunde erklärt sie, sie habe nun einen ersten Eindruck von uns gewonnen. Und den können wir entweder aufrechterhalten oder verbessern. Ich habe mich für Geschichte schon immer interessiert. Ich finde es echt spannend zu erfahren, was bisher schon alles in der Welt passiert ist. Allein der Gedanke, dass wir uns vom Affen zum Menschen entwickelt haben, ist doch total verrückt! Fleur und Xenia stammen allerdings ganz sicher von anderen Tieren ab. Vielleicht von Ameisenbären? Die haben auch so lange Nasen.

Als Shanti mit ihrem Fuß gegen meinen Knöchel tritt, werde ich unsanft aus meinen Überlegungen gerissen.

»Und, verrätst du uns deine Gedanken, Paulina?« Die Eisenhardt steht vor mir.

»Oh, Entschuldigung, natürlich. Ich habe gerade überlegt, dass es irgendwie schon verrückt ist, dass wir alle vom Affen abstammen.«

Die Eisenhardt zieht wieder ihre Augenbrauen hoch, bis zum Anschlag. Sie überlegt wahrscheinlich gerade, ob ich sie veräppeln will. Aber diesmal traut sich niemand, darüber zu lachen.

»Ich meine, weil unsere Geschichte, also die des Menschen, doch irgendwie so anfing, oder?«, schiebe ich schnell hinterher. Von der Theorie mit dem Ameisenbär mal abgesehen.

»Evolutionstheorie mag ja durchaus interessant sein«, sagt Mrs Steel, »aber wir beschäftigen uns in diesem Schuljahr mit Ereignissen, die nach Christi Geburt stattgefunden haben.« Zum Glück nimmt sie mir die kleine Einlage nicht krumm. »Eure Hausaufgabe: Jeder sucht sich ein geschichtliches Ereignis aus, das er als besonders wichtig ansieht. Bitte schriftlich begründen und beim nächsten Mal vortragen.«

Ich bin ein bisschen überrascht, weil ich damit gerechnet habe, dass wir ein Exposé über Lady Rosalyn anfertigen müssen. Zumindest hat Lizzy mir erzählt, dass das Mrs Steels Lieblingshausaufgabe für die erste Stunde sei. Aber da sagt sie auch schon: »Und du, Clemens, bekommst eine kleine Spezialaufgabe. Sei doch bitte so nett und bereite eine kleinen Aufsatz über deine Urgroßmutter, Lady Rosalyn, vor.«

Sofort sind die Blicke auf Clemens gerichtet. Jetzt wissen alle in der Klasse, dass er mit ihr verwandt ist. Ihm ist das peinlich, was man unschwer daran erkennen kann, wie er an seinem Hemdkragen herumnestelt. Mit seinen zu einem akkuraten Seitenscheitel frisierten, etwas längeren blonden Haaren und seinen komischen Klamotten sieht er tatsächlich aus wie ein Abkömmling aus dem englischen Königshaus. Irgendjemand sollte seine merkwürdigen braunen Cordhosen mal gegen Jeans und seine glatt gebügelten Hemden gegen T-Shirts austauschen.

Zum Glück klingelt es in dem Moment und Clemens wird aus der unangenehmen Situation befreit.

»Bei der hast du aber einen Stein im Brett«, sagt Shanti zu mir. Dann deutet sie mit dem Kopf auf Fleur. »Ganz im Gegenteil zu der da. Geschieht ihr ganz recht.«

Ich kann Shanti nur zustimmen. »Hart, aber fair, das trifft die Sache wohl am besten!«

Die nächste Stunde hält eine Überraschung für uns bereit. Frau Sauerbrei kommt nicht allein in die Klasse. Sam ist bei ihr.

»Es hat sich eine kleine Änderung ergeben. Wie ihr bestimmt bereits bemerkt habt, fehlt heute ein Schüler. Manuel hat sich dazu entschieden, das Internat zu verlassen.«

Manuel? Mein Blick huscht durch die Klasse. Stimmt, neben Clemens ist ein Platz frei.

»Der Typ mit den braunen Haaren und den Sommersprossen«, flüstert Shanti mir zu.

Ich nicke. Jetzt, wo Shanti es sagt, weiß ich wieder, wer Manuel ist. Eigentlich ein ganz netter, eher unauffälliger Typ. Und er hat das gemacht, was ich eigentlich vorhatte. Er ist nach ein paar Tagen wieder verschwunden. Ist ja ein Ding.

»Da sich auch in der Parallelklasse Änderungen ergeben haben, wird Sam ab sofort hier am Unterricht teilnehmen.« Frau Sauerbreis Blick richtet sich auf Shanti. »Sollten sich irgendwelche Probleme daraus ergeben, dass ihr Geschwister seid, werden wir das ganz schnell wieder ändern.«

Shanti strahlt und ist ganz aus dem Häuschen.

»Cool, Alter!«, ruft Theo. »Neben mir ist noch ein Platz frei! Und in meinem Zimmer auch.«

Frau Sauerbrei lacht. »Nicht so voreilig, Theo! Der Platz neben dir ist für Lennart reserviert. Und das Bett in deinem Zimmer auch. Er wird am Wochenende hier ankommen.« Sie zeigt auf den freien Platz neben Clemens, der sich auch sichtlich freut. »Du sitzt hier. Und das Zimmer teilst du dir wie besprochen mit Dario.«

Clemens und Sam klatschen sich ab, als dieser neben ihm Platz nimmt. Mein Blick wandert zu Dario. Er sitzt ein paar Plätze weiter gemütlich zurückgelehnt in seinem Stuhl, die Beine lang ausgestreckt, die Arme vor der Brust überkreuzt, und tut ganz unbeteiligt. Er ist relativ groß und kräftig. Und richtig sympathisch sieht er ehrlich gesagt nicht aus. Natürlich freue auch ich mich darüber, dass Sam nun offiziell zu uns gehört. Und Shanti kommt aus dem Strahlen gar nicht mehr heraus.

»So, jetzt haben wir uns alle eine Runde gefreut«, sagt Frau Sauerbrei, »dann legen wir mal los. In der letzten Stunde vor dem Wochenende ist Soziales Lernen angesagt. Innerhalb der Häuser kennt ihr euch ja alle mittlerweile recht gut. Jetzt wollen wir mal sehen, dass wir das auch hier in die Klasse hinbekommen. Wir haben Glück, die Klassengemeinschaft besteht aus jeweils zwölf Mädchen und Jungen – hier habe ich zwölf Zettel, auf denen die Jungennamen stehen. Das heißt, die Mädchen ziehen einen Jungen, ihr erzählt ihm was von euch, dann tauscht ihr und er soll was von sich preisgeben. Und schließlich stellt ihr euren Partner dem Rest der Klasse vor.«

Ein bisschen aufgeregt holen wir Mädchen uns die Zettel. Ich habe Glück. Auf meinem steht *Jakob.* Shanti schiebt mir ihren rüber und ich werfe einen Blick darauf. Sie hat Dario erwischt.

»Wie praktisch«, sage ich. »Dann kannst du gleich mal auskundschaften, was das so für ein Typ ist.«

»Dann mal los.« Frau Sauerbrei klopft auffordernd in ihre Hände. »Ihr habt zehn Minuten Zeit. Und bitte in gedämpftem Tonfall!«

»Scheiße!«, sagt Theo leise, als Xenia auf ihn zustolziert kommt.

»Es hätte noch schlimmer kommen können.« Shanti deutet mit dem Kopf auf Fleur, die ein ziemlich genervtes Gesicht zieht und keine Anstalten macht, von ihrem Platz aufzustehen.

»Ach herrje«, murmele ich, als Xenia an Theo vorbeimarschiert und vor John stehen bleibt. »Und es kam schlimmer …«

»Das ist jetzt echt nicht wahr!«, beschwert sich Theo lautstark. »Nicht Fleur!«

Die französische Blume kommt nun gnädig und betont gelangweilt auf Theo zu.

»Kopf hoch, Schneckenpisspocke, du schaffst das!«, flüstere ich ihm auf meinem Weg zu Jakob zu. »Und nachher darfst du uns helfen, einen kleinen Rachefeldzug gegen sie zu schmieden. Es wird nämlich langsam Zeit für eine Abreibung. Was hältst du davon?«

Theo grinst mich an. »Bin dabei, Pempelfurz!«

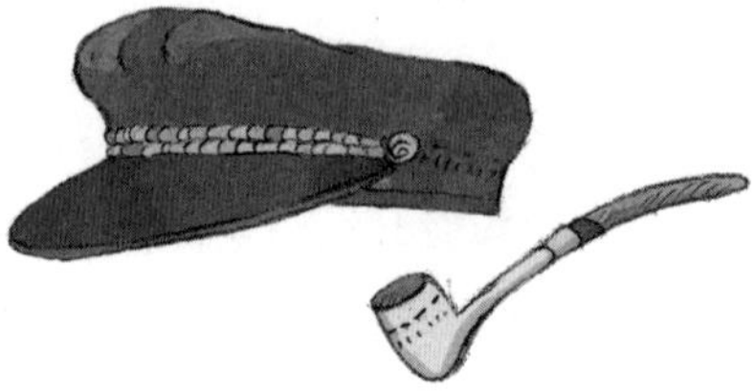

Fährführer im Anmarsch

»So ein Depp! Der denkt wohl, er ist der Größte!« Shanti schnappt sich einen von den Käsecrackern, dann wettert sie weiter. »Er hat voll einen auf Mr. Wichtig gemacht, nur weil sein Vater Schönheitschirurg ist. Mann, wie kann man nur so doof sein und mit seinen Eltern angeben? Der soll erst mal selbst was bringen.«

Miu kichert. »Meine Eltern verkaufen asiatische Lebensmittel, da gibt's nix zum Angeben. Aber sie sind unheimlich stolz auf das Geschäft. Sie haben erst im letzten Jahr vergrößert. Aber dafür arbeiten sie auch rund um die Uhr.«

»Wenn sie so viel arbeiten, können sie ja auch stolz sein«, sagt Shanti. »Aber immer diese Angebereien, das ist doch einfach nur dumm.«

»Vielleicht sollten wir ihn mit Fleur verkuppeln. Die gibt doch auch so gern mit ihrem Staatsanwalt-Daddy an. Dann sitzt sie auch gleich an der Quelle, falls sie sich doch mal zu ihrer ersten Nasen-OP entscheiden sollte. Ihr Zinken sitzt echt verdammt schief. Obwohl der von Xenia auch nicht schlecht ist. Xenias Vater ist doch Chefarzt einer Klinik, vielleicht kennt er Darios Vater sogar. Dann können sie eine einzige OP mit zwei Einsätzen gleichzeitig planen.«

»Du kannst ja richtig gemein sein, Paulina«, sagt Larissa, aber sie meint es nicht vorwurfsvoll, das sehe ich ihr an.

Ich springe von der Waschmaschine, die gerade den Schleudergang einlegt. Wir haben doch nicht die Köchin gefragt, sondern Bettlaken und Schlafanzug einfach bei den Jungs in die Maschine geworfen. Danach kommt sie in den Trockner, dann ist sie hoffentlich wie neu. Sam richtet sich gerade häuslich bei Dario ein. Clemens ist filmreif von seinem Dad im Gyrokopter von der Insel geflogen worden. Graf Dracula habe ich auch schon besucht – und Kira natürlich von der missglückten Stinkbombenaktion berichtet. Die war darüber erst total entsetzt, hat sich dann aber doch fast kringelig gelacht, als ich ihr erzählt habe, dass die Gülle dummerweise an meinen Beinen geklebt hat. Und ich musste tatsächlich ein wenig mitlachen. Aber trotzdem kann ich den Angriff natürlich nicht auf mir sitzen lassen.

»Wenn du diese Aktion heute schon hinter dir gehabt hättest, würdest du jetzt ähnlich über Fleur und Xenia reden«, sage ich zu Larissa.

»Übrigens«, ergänzt Theo, »mir hat diese eingebildete

Schnecke beim Interview vorhin tatsächlich unter die Nase gerieben, dass ich nur ein Stipendiat bin und mich glücklich schätzen soll, hier im Internat zu sein. Und als sie wieder davon anfing, ihr Vater sei ein erfolgreicher Staatsanwalt, habe ich ihr erzählt, dass mein alter Herr Metzger ist und eines meiner größten Hobbys das Kochen von Schweinesülze und Blutwurst ist. Einzelheiten dazu wollte sie dann nicht mehr hören. Ihr hättet mal ihr Gesicht sehen müssen. Die macht jetzt hoffentlich für immer einen großen Bogen um mich!«

»Ist ja auch wirklich eklig!« Shanti schüttelt sich. Sie ist Vegetarierin, und auf ihrem Teller landet nichts, was mal Augen hatte.

»Und was machen wir jetzt mit ihr?«, frage ich in die Runde. »Eine Stinkbombe als Retourkutsche wäre irgendwie zu einfach. Da muss schon was Einfallreicheres her.«

»Am besten wäre, wenn sie sich irgendwie selbst und ohne unser Zutun lächerlich machen würde«, überlegt Shanti. »So wie bei der Eisenhardt vorhin. Wir müssten sie nur dazu bringen, irgendwas ganz Doofes zu machen.«

»Wie wäre es mit einem gefälschten Liebesbrief – von Prince zum Beispiel? Einen, worin er Fleur um ein Date bittet.«

Larissas Idee ist gar nicht schlecht. Das sehen die anderen auch so. Theo haut sich voller Vorfreude auf die Oberschenkel. »Ha, das ist es!«, ruft er. »Wir schreiben, dass er sie im Bootshaus treffen will, und zwar ausgerechnet dann, wenn die Typen vom Festland kommen. Vielleicht haben wir Glück und sie nehmen sie mit. Dann sind wir sie los.«

»Träum weiter«, sagt Shanti. »Den Gefallen werden die uns bestimmt nicht tun. Außerdem wissen wir doch gar nicht, wann genau die auflaufen.«

»Stimmt. Deswegen sollten wir uns unbedingt heute Abend schon auf die Lauer legen! Wenn die clever sind, kommen die nicht direkt am Bootssteg an, sondern irgendwo in sicherer Entfernung. Aber da sie ja zum Bootshaus müssen, warten wir am besten direkt dort auf sie. Ich hab da auch schon so eine Idee«, kündige ich verschmitzt an.

Was sind wir doch für eine coole Truppe! Larissa und Miu nehmen den Wachposten unterhalb des Bootshauses ein, Shanti und ich stehen oberhalb, die Jungs übernehmen die Vorbereitung.

Wir haben kurz nach halb elf. Noch haben wir niemanden entdecken können, der hier irgendwo rumschleicht. Aber eigentlich rechne ich sowieso erst morgen mit dem feindlichen Besuch.

»Hast du den anderen gesagt, dass Herr Naunheim um elf immer seinen Kontrollgang macht?«, fragt Shanti.

»Klar, ich hab alle genau instruiert. Wenn wir leise sind und uns gut versteckt halten, wird er uns auch nicht bemerken.«

Ich sitze mit Shanti an einen Baum gelehnt und wir suchen mit den Augen das Wasser und das Ufer ab. Unsere Handys haben wir auf Vibrationsalarm eingestellt, damit wir uns untereinander informieren können, falls sich was tut. Als es in meiner Hand brummt, zucke ich unwillkürlich ein bisschen zusammen.

Hier ist alles ruhig. Gähn, schreibt Larissa.

Nicht schnarchen ☺, tippe ich zurück. Prompt geht ein Anruf ein.

»Ist euch langweilig?«, frage ich.

»Es geht los. Sie kommen!«, flüstert Larissa. »Sie sind gerade an uns vorbei. Es sind vier.«

»Echt? Wie cool! Bis gleich.«

»Was ist?«, will Shanti wissen.

»Aktion feindliche Abwehr kann starten. Die Festlanddeppen sind tatsächlich heute schon im Anmarsch. Theo hat recht gehabt.«

Wir laufen im Schutz der Bäume entlang zum Bootshaus. Die Jungs liegen hinter einem Gebüsch versteckt und winken uns zu. Wir ducken uns etwas weiter oben hinter eine Hecke.

Als ich sehe, wie sich die vier Gestalten in der Dunkelheit auf das Bootshaus zubewegen, fängt mein Herz wie wild an zu klopfen.

»Wie aufregend«, flüstert Shanti leise.

Ich komme gar nicht dazu, etwas zu sagen, denn unser Einsatz folgt stehenden Fußes.

»Jetzt!«, ruft Theo, nachdem die Eindringlinge nichtsahnend in aller Ruhe im Bootshaus verschwunden sind, so als wäre es das Normalste der Welt. Unsere Jungs rennen los und drücken die Tür zu. Sie stellen den großen Balken davor, den Theo eigens dafür bereitgelegt hat, und verkanten ihn mit der Türklinke, sodass man die Tür von innen nicht mehr öffnen kann. Shanti und ich stürzen zum Fenster, das wir vorher mit einer blickdichten Holzplatte gesichert haben. Theo hat die Platte präpariert und extra ein kleines Guckloch hineingesägt, ähnlich wie der Spion in unserer Wohnungstür zu Hause, der einem verrät, wer draußen steht. Ich linse durch das Guckloch und kann ganz genau den blonden Pferdeschwanz des Mädchens erkennen, das gestern auch schon bei den Kanuten dabei war.

»Bingo, das hätten wir«, flüstere ich, zucke aber im nächsten Moment zurück, denn ein dunkles Auge hat sich von der anderen Seite vor das kleine Loch geschoben. Schnell halte ich meine Hand davor.

»Lass mich auch mal sehen!«, sagt Shanti.

Ich trete zur Seite. »Pass auf, eben hat jemand durchgeguckt.«

Shanti drückt ihr Gesicht an die Holzplatte. »Komisch, irgendwie kommen die mir bekannt vor …«

Genau in dem Moment ertönt ein tiefes, sehr lautes Signal, das sich anhört wie eine Schiffssirene. Das Geräusch kenne ich von zu Hause und von den Frachtern auf dem Rhein-Herne-Kanal, wo ich mit Opa immer mal zum Angeln gehe.

»Da legt ein Schiff an«, sagt Shanti mit großen Augen. »Ein Binnenschiff, hier bei uns, komm!«

Auf dem Weg runter zum Steg beobachten wir, wie der Frachter tatsächlich hier anlegt. Träge und langsam schiebt er sich durchs Wasser. Oben an Bord steht ein winkender Junge.

»Spinnt ihr?«, frage ich, als wir bei den anderen ankommen. »Hier kann man euch aus kilometerweiter Entfernung sehen. Bestimmt kommt Herr Naunheim gleich vorbei. Der hat das ganz sicher mitbekommen mit dem Schiff. Das Signal war ja nicht zu überhören.« Und das Rütteln, Schimpfen und Rufen aus dem Inneren des Bootshauses ist es auch nicht. Unsere Gefangenen machen ganz schön Krach.

»Weg hier!«, ruft da plötzlich eine Stimme, die mir bekannt vorkommt. Dario rennt auf uns zu. Oh nein! Der hat uns gerade noch gefehlt.

Er deutet über die Wiese auf einen tanzenden Lichtpunkt, der sich schnell nähert. »Fährführer im Anmarsch!«, ruft er mit seiner dunklen Stimme.

»So ein Mist«, sagt Jakob. »Sieht aus wie eine Taschenlampe. Das ist er bestimmt.«

»Sag ich doch! Und jetzt? Er ist bestimmt gleich da!«

Ich schaue hoch zur Wiese, dann zum Wasser, wo das Schiff gerade am Bootssteg anlegt.

»Hi!«, ruft der Junge, der uns eben zugewinkt hat. »Ich bin Lennart.«

Aha, der Nachzügler, der auch in unsere Klasse kommt.

Theo reagiert blitzschnell. »Und ich bin Theo, dein Zimmernachbar. Kannst du uns vielleicht auf dein Schiff lassen? Wenn wir hier erwischt werden, gibt's Ärger.«

»Klar, kommt an Bord!«

Der Frachter ist voll beladen mit Containern, sodass er zum Glück relativ tief im Wasser liegt. Von dem hohen Steg aus können wir ohne Problem an Bord klettern. Was für eine Aufregung!

»Da lang«, sagt Lennart und zeigt in Richtung eines orangefarbenen Containers. »Da sieht euch niemand.«

»Und wer seid ihr?«, fragt eine sonore Stimme, als wir geduckt in die Richtung laufen, in die Lennart gerade gezeigt hat. Jakob, der vorneweg läuft, hält abrupt inne, sodass wir alle ineinanderkrachen. In mich rumst ausgerechnet Dario rein und unsere Köpfe stoßen aneinander. Jetzt bekomme ich bestimmt noch eine Beule.

Vor uns hat sich ein Mann aufgebaut, er ist gefühlte zwei Meter groß – und breit.

»Boah, Papa«, sagt Lennart. »Das sind meine neuen Freunde, erschreck sie doch nicht so.«

Der Mann lacht laut und dröhnend. Dann fällt ihm der inzwischen groß gewordene Taschenlampenkegel ins Auge. »Na, Kameraden, dann geht mal in Deckung.«

»Danke«, flüstern wir erleichtert. Und Lennarts Vater lacht schon wieder und stellt sich neben seinen Sohn. Wir beobachten aus sicherem Versteck, wie Herr Naunheim den Bootssteg betritt.

»Ahoi!«, sagt der Fährmann.

»Ahoi, alter Schwede!« Lennarts Vater lacht wohl gern. Und er scheint Herrn Naunheim zu kennen. Er springt mit einem Satz vom Boot und die beiden fallen sich in die Arme. Dabei klopfen sie sich abwechselnd auf ihre Schultern. Sieht ganz nach einer echten Männerfreundschaft aus. Ob das Täuschungsmanöver funktioniert? Nicht dass er uns doch noch verrät.

»Mensch, Jung«, sagt Lennarts Vater erfreut, »dass wir uns nach so vielen Jahren mal wiedersehen.« Dann ruft er über die Schulter zurück: »Sprotte! Komm runter, das ist Kalle, mein alter Kumpel aus Hamburger Zeiten.«

»Hallo, da bin ich schon«, sagt Lennart höflich.

Herr Naunheim klopft nun auch dem neuen Schüler auf die Schulter, dann legt er den Kopf schief. »Habt ihr das auch gehört?«

Man müsste taub sein, um den Lärm nicht mitzukriegen. Die Festlandfuzzis machen in der Hütte lautstark Terz.

»Mist«, flüstere ich und da begibt sich Herr Naunheim auch schon auf den Weg zum Bootshaus und nestelt an der Tür herum.

Vorsichtig lugen wir über die Frachterwand. Die Tür geht auf und die vier Gestalten, zwei Mädchen und zwei Jungs, kommen schimpfend heraus. Als meine Augen wieder mal in ein paar dunklen hängen bleiben, zucke ich ertappt zusammen.

»Die sind von uns«, flüstert Miu.

Hendrik, Carla – und Prince. Die mit dem blonden Pferdeschwanz kenne ich nicht, aber ich meine, ich hätte sie schon mal in der Kantine gesehen.

»Ach, du heilige Scheiße«, sagt Theo leise. »Gut, dass die uns nicht gesehen haben.«

Ich für meinen Fall bin mir da nicht so sicher. Meine Nackenhaare sträuben sich hartnäckig. Dass dieser Vollhorst aber auch immer und überall auftauchen muss. Und überhaupt, was treibt er sich so spät mit seinem tollen Kumpel und den beiden Mädels im Bootshaus rum? Herr Naunheim scheint es ähnlich zu sehen. Wir können jedes seiner Worte verstehen.

»Wer euch hier aus welchem Grund auch immer eingeschlossen hat, interessiert mich nicht. Das wäre nämlich nicht passiert, wenn ihr jetzt brav in euren Betten liegen würdet«, poltert er und nimmt die Hütte in Augenschein. »Euer Ausflug wird auf jeden Fall Konsequenzen haben und einen Arbeitseinsatz nach sich ziehen. Das Bootshaus zum Beispiel könnte mal wieder einen neuen Anstrich gebrauchen.«

»Aber was ist mit den anderen«, meckert Carla, »mit denen, die uns eingesperrt haben?«

Herr Naunheim dreht sich zu Lennarts Vater um. »Hast du hier noch jemanden gesehen?«

»Nein, niemanden. Hier war alles ruhig, als wir angelegt haben. Oder, Lennart?«

»Alles wie ausgestorben.«

»Na also«, sagt Herr Naunheim. »Dann seht mal schnell zu, dass ihr in die Federn kommt. Los, Abmarsch!«

Die vier trollen sich davon. Als sie außer Sichtweite sind, sagt Herr Naunheim: »Das gilt auch für euch da oben auf dem Frachter.«

Unentschlossen gucken wir uns einen Moment lang an. »Aye, aye, Sir.« Theo ist der Erste, der aufsteht und sich zu erkennen gibt. Wir folgen seinem Beispiel.

Herr Naunheim zeigt sich überrascht angesichts unseres kleinen Grüppchens.

»Die Kinder sind gekommen, um Lennart zur Hand zu gehen und das Gepäck auf sein Zimmer zu tragen.« Lennarts Vater zwinkert Herrn Naunheim zu.

»Ist das so?« Herr Naunheim sieht uns fragend an.

»Ja«, wir nicken eifrig.

»Und ihr habt nicht zufällig noch andere Mitschüler auf nächtlicher Tour herumschleichen sehen?«

»Nein«, sagt Theo frech, »haben wir nicht. Aber wir haben davon gehört, dass heute oder morgen eine feindliche Invasion vom Festland herüberkommen soll, die das Bootshaus ausräubern will. Es muss sich hier wohl um eine Verwechslung handeln.«

»Eine Invasion vom Marie-Curie-Gymnasium, seid ihr da sicher?«, hakt Herr Naunheim nach.

Wenn das mal kein Fehler von Theo war. Die Quittung für sein Ausplappern folgt sofort, und zwar auf meine Kosten.

»Seh ich dich morgen bei Graf Dracula, Paulina?«

Ich nicke. »Natürlich.«

»Graf Dracula?«, fragt Lennart. »Wie schräg seid ihr denn hier drauf?«

Lennarts Vater lacht. »Ich hab dir doch gesagt, dass es dir auf der Insel gefallen wird. Aber du wolltest mir ja nicht glauben.«

»Wart erst mal ab, bis du den Pinguin kennenlernst«, sagt Theo vorlaut. Dafür hat er, wie ich finde, einen kleinen Tritt gegen seinen Knöchel verdient. Shanti sieht das anscheinend ähnlich. Und da sie auf der anderen Seite von Theo steht, bekommt er es gleich von beiden Seiten ab.

»Au!«, ruft er aus. »Spinnt ihr?«

»Jetzt mal im Ernst«, sagt Sam. »Es ist echt cool hier.«

»Hier gibt's nicht nur Pinguine, sondern auch Vampire, Geister und andere merkwürdige Gestalten«, erklärt Jakob, »echt total verrückt!«

»Na, jetzt überspannt den Bogen aber nicht.« Herr Naunheim schüttelt missbilligend den Kopf. »Helft lieber eurem neuen Freund mit dem Gepäck, so wie ihr es schließlich vorhattet ...«

Lennart hat zwei große Seesäcke, die nach Europa geschleppt werden müssen. Das übernehmen die Jungs. Dario trägt einen alleine, Lennart teilt sich die Last mit Sam. Theo redet die ganze Zeit und Lennart hört zu. Wir Mädchen laufen untereinander eingehakt hinter ihnen her.

»Ich würde ja zu gern wissen, was Dario hier unten eigentlich zu suchen hatte«, sagt Shanti leise.

»Bestimmt ist er wach geworden, als Sam aus dem Fenster geklettert ist, und ist ihm gefolgt.« Ich remple Shanti leicht an. »Komm schon, vielleicht ist er doch ganz nett.«

»Ich weiß nicht ... Immerhin hat er uns vorhin hinterherspioniert.«

»Aber ohne Dario hätte uns Herr Naunheim bestimmt unten am Bootssteg erwischt. Und dann hätten die anderen mitbekommen, dass wir sie eingeschlossen haben.«

»Da hast du allerdings recht«, gibt Shanti zu.

»Und außerdem teilt er sich jetzt ein Zimmer mit Sam«, sagt Larissa. »Da ist es doch besser, er gehört dazu. Alles andere würde nur Stress bedeuten.«

»Du bist echt ein helles Köpfchen, Larissa«, sage ich.

Daraufhin fängt sie leise an zu singen: »Alle meine Entchen schwimmen auf dem See, schwimmen auf dem See, Köpfchen in das Wasser, Schwänzchen in die Höh.«

Shanti und Miu stimmen sofort mit ein. Ich fand das Lied früher immer total doof. Aber jetzt, hier, mitten in der Nacht auf der Flussinsel, gesungen von meinen Freundinnen, hört es sich plötzlich wunderschön an.

»Was ist, Paulina, sing doch mit«, fordert Miu mich auf.

»Alle unsre Kanus schwimmen auf dem Rhein, schwimmen auf dem Rhein, hallo, Festlandfuzzis, lasst es lieber sein!«, gebe ich zum Besten. Ich weiß, dass es sich fürchterlich schief anhört, aber das ist mir gerade total egal.

Immer ist irgendein Junge daran schuld

»Ommmmmmmmmmmmmm.«

»Das ist jetzt nicht wahr!« Shanti macht sogar am Wochenende einen auf lebenden Wecker. Meine Augen sind noch verklebt vom Schlaf, aber durch die halb geöffneten Lider kann ich trotzdem die Uhr erkennen. Es ist gerade mal halb neun.

»Shanti!« Ich ziehe mir mal wieder das Kopfkissen über den Kopf und rolle mich zur Seite. Die Sonne scheint eindeutig zu hell in unser Zimmer. Und zu allem Überfluss klopft jetzt auch noch jemand wie doof an unser Fenster. Ich bleibe demonstrativ liegen. Die können mich mal – und zwar alle!

»Paulina, Shanti, wacht endlich auf! Sir James ist weg.«

Gut, denke ich, ein Problem weniger. Vielleicht hat jemand aus der Kantine die gute Idee gehabt, eine Suppe aus dem lästigen Gockel zu kochen.

Das Klopfen am Fenster wird lauter. Da es gekippt ist, kann ich jedes Wort draußen verstehen, trotz des Kissens auf meinen Ohren. Ich identifiziere Theo, der mit jemandem spricht. Die Stimme kommt mir bekannt vor, aber ich kann sie nicht wirklich einordnen. Will ich auch gar nicht. Ich will schlafen!

»Vielleicht sind sie gar nicht da«, sagt die Stimme, und mir fällt ein, dass das Lennart ist, der Typ von gestern Abend.

»Doch, sind sie. Die pennen bestimmt noch! Paulina, hallo ...« Theo gibt nicht auf.

»Boah!«, maule ich leise in mein Kissen hinein.

»Die Festlandtypen müssen gestern doch auf der Insel gewesen sein. Und dabei haben sie Sir James mitgehen lassen. Er wurde entführt!«

»Was ist los?« Ich springe hoch und reiße das Fenster auf. Shanti hört mit der Brummerei auf und ist sofort neben mir.

»Wusste ich's doch!« Theo grinst uns an. »Also passt auf: Sir James hat heute Morgen zum ersten Mal nicht gekräht. Zuerst habe ich gedacht, die hätten ihn hier so dressiert, dass er am Wochenende still bleibt, damit wir mal ausschlafen können. Aber das kam mir dann doch irgendwie komisch vor. Da wir eh schon wach waren, wollte ich Lennart in aller Ruhe die Insel zeigen. Und da haben wir Ausschau nach dem Hahn gehalten und ihn nicht gefunden. Auf jeden Fall ...« Theo hält uns einen Zettel hin. »Lest selbst!«

Kikerikiiiiiii, steht in großen roten, etwas zerlaufenen Druckschriftbuchstaben auf dem Blatt Papier, mehr nicht.

»Und?«, frage ich. »Das heißt doch noch gar nichts. Vielleicht hat sich einfach einer einen Scherz erlaubt, um die Kuhn oder so zu ärgern.«

»Haltet den mal gegen das Licht.«

»Hammer!« Shanti kneift ihre Augen zusammen. »Guck mal, Paulina.«

Jetzt sehe ich es auch. Das Papier hat ein Wasserzeichen, genau in der Mitte – MCG. »Das gibt's doch nicht! Wann haben die das denn gemacht? Die sind bestimmt nicht so dermaßen spät noch über den Rhein gepaddelt. Außerdem stand das Schiff doch die ganze Nacht da.«

Lennart nickt. »Mein Vater und Herr Naunheim haben bis spät in der Nacht oben auf dem Frachter gehockt und über alte Zeiten geredet. Ich hab ihn schon angerufen und gefragt. Die hätten definitiv was bemerkt, wenn die MCGler über den Fluss gekommen wären.«

»Und das, Mädels, kann nur eins bedeuten ...« Theo macht eine bedeutungsvolle Pause. »Die sind nicht übers Wasser hierhergekommen, sondern unterirdisch durch den Geheimgang!«

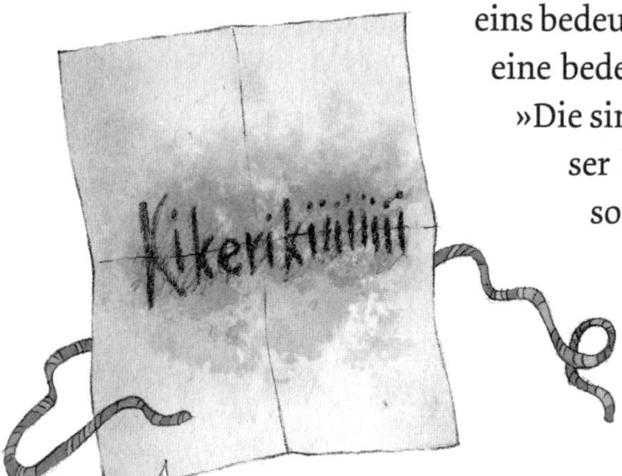

»Oder aber die haben hier einen Verbündeten auf der Insel«, mutmaßt Shanti. »Gestern Abend sind ja viele abgereist und es sind fast nur noch Neue auf der Insel.«

Der Gedanke gefällt Theo gar nicht. »Quatsch, nie im Leben! Wer würde denn mit denen gemeinsames Spiel machen? Außerdem sind die alle mit der Fähre rüber. Und da wäre ein alter Gockel im Gepäck ganz sicher aufgefallen.«

»Was ist«, meldet sich Shanti noch mal zu Wort, »wenn irgendjemand die alte Fehde wieder aufleben lassen will und die Entführung nur inszeniert hat? Vielleicht wurde der Hahn hier auf der Insel versteckt, und wir sollen nur denken, dass er von den MCGlern geklaut wurde. Das Papier mit dem Wasserzeichen sagt gar nichts aus. Das kann man bestimmt leicht besorgen.«

Ich finde Shantis Theorie gar nicht so schlecht. »Wäre durchaus möglich. Nur wer sollte dann dahinterstecken?«

»Hallo, was sind das bitte schön für Verschwörungstheorien? Die sind definitiv durch den Gang gekommen. Guckt mal …« Theo hält eine kleine Plastiktüte in die Luft, in der sich ein bisschen Schmutz befindet. »Die Erde habe ich am Brunnen gesammelt. Da, wo der Zettel war. Sie haben ihn einfach mit einer kleinen Kordel an einem der beiden Engel befestigt.« Theo hält zum Beweis ein Stück Schnur in die Luft. »Gut, dass die Nachricht nicht total durchnässt ist.«

Shanti deutet auf die ominöse Tüte. »Und das heißt?«

»Das kann ich euch sagen! Rund um den Brunnen liegen nur lauter blitzblanke Kieselsteinchen. Aber vielleicht erinnert ihr euch ja an die Beschaffenheit des Geheimganges. Hier, feuchte Erde!« Theo hält die Tüte noch einmal in die Luft.

»Ich weiß nicht, ein Teelöffel voll Erde ist noch lange kein Beweis dafür, dass die wirklich unter dem Fluss rübergekommen sind. Die Erde könnte überall herkommen, zum Beispiel ganz banal aus einem der Rosenbeete. Ein Geheimgang, der unter dem Rhein durchführt, obendrüber das ganze kalte Wasser! Schon allein der Gedanke ist doch voll gruselig«, sage ich und schüttele mich bei der Vorstellung.

Theo guckt ganz komisch. »Die Rosenbeete! Vielleicht hast du ja recht. Es könnte durchaus möglich sein, dass der Eingang da irgendwo versteckt ist.«

»Ja, klar«, unkt Shanti. »Hast du mal gesehen, was für dicke Stacheln die Biester haben? Da kommt keiner durch, höchstens mit einer Heckenschere.«

»Wie war das noch mal bei Dornröschen?«, frage ich. »Welchen Trick hatte der Prinz, um durch die Dornen zu kommen?«

»Sehr witzig!«, blafft Theo mich an.

»Nein ernsthaft, ich weiß es wirklich nicht mehr.«

»Der hat einfach Glück gehabt. Die hundert Jahre waren vorbei und die Rosen haben sich in zarte Blumen verwandelt, als er gekommen ist, um die Prinzessin zu befreien«, sagt Lennart.

»Echt, das weißt du noch so genau?«

»Ja, meine Mutter hat mir früher viel aus einem Märchenbuch vorgelesen.« Lennart fährt sich, nun doch etwas peinlich berührt, durch die Haare. »Aber das hilft uns jetzt auch nicht weiter.«

»Gibt es noch andere Beweise?«, will Shanti wissen. »Hat vielleicht irgendjemand etwas mitbekommen? Habt ihr schon andere gefragt?«

»Ja, mein Bauch sagt mir, dass ich recht habe. Ihr könnt jetzt denken, was ihr wollt, aber ich fühle es einfach.«

Ich fühle nur, dass ich Hunger habe, aber Shanti springt natürlich volle Kanne auf Theos merkwürdige Erklärung an. »Dann ist es auch so«, sagt sie. »Solche Intuitionen sollte man unbedingt ernst nehmen. Das Bauchgefühl lügt nie.«

Theo nickt glücklich, doch dann zuckt er erschrocken zusammen, genau wie Lennart. Das Rollo des Nachbarzimmers wurde mit einem Rums hochgezogen.

»Geht's noch?«, ertönt eine schrille Stimme und Fleur streckt ihren Kopf nach draußen. »Wer bist du denn?«, giftet sie Lennart an. »Müsst ihr hier draußen so laut rumschreien? Schon mal was von Nachtruhe gehört?«

Die Sonne steht hell am Himmel, von Nacht kann bestimmt keine Rede mehr sein. Auf der anderen Seite habe ich bis eben auch noch tief und fest geschlafen. Allerdings ist das noch lange kein Grund, hier jetzt so die Welle zu machen. Fleur ist echt voll die Oberzicke!

»Was ist das denn für ein Gespenst?«, fragt Lennart.

Theo grinst. »Darf ich vorstellen, Fleur, die französische Blume.«

»Sieht eher aus wie ein gerupftes Huhn«, flüstert Lennart, gerade noch so laut, dass wir es alle hören können, Fleur eingeschlossen.

Shanti und ich fangen laut an zu lachen, und als wir Fleur sehen, die jetzt einen langen Hals in unsere Richtung macht, können wir gar nicht mehr aufhören. So wie es aussieht, hat Fleur sich über Nacht selbst gebastelte Papilloten aus Küchenrolle oder Taschentüchern gebastelt und sie in ihre Haare gedreht. So was haben Kira und ich auch schon versucht. Und es ging voll in die Hose, genau wie bei Fleur. Ein Teil der weißen Papierwickler hat sich anscheinend irgendwann in der Nacht selbstständig gemacht. Der Spruch mit dem gerupften Huhn kommt der Sache also schon ziemlich nahe. Fleurs Haare stehen an manchen Stellen in alle Richtungen ab, andere wiederum kringeln sich eng an ihren Kopf. Der Rest steckt immer noch in den Papilloten.

»Kinder, geht am besten im Sandkasten spielen!«, giftet sie und knallt das Fenster zu. Kurz darauf kracht das Rollo wieder nach unten.

»Vielleicht tauschen Fleur und Xenia ihr Zimmer mit Larissa und Miu, wenn wir denen zu laut sind«, überlegt Shanti.

»Das wär cool. Können wir den beiden Pissnelken ja mal vorschlagen«, sage ich.

»Nein, wenn, dann müssen wir die Sache so drehen,

dass sie denken, sie wären selbst draufgekommen. Bei denen muss man taktisch klug vorgehen, sonst sagen die schon aus Prinzip Nein, doof, wie die sind.«

»Das kriegt ihr beiden doch bestimmt hin«, sagt Lennart. »Ich bin übrigens schwer begeistert von euch, ich mein von euch allen.«

Was ist das denn? Eine zarte Röte huscht über Shantis Gesicht. Ob ihr Lennart etwa gefällt? Bisher habe ich ihn mir noch gar nicht weiter angesehen. Er ist ein Stück größer als Theo, sportlich, aber nicht so breit wie sein Vater gebaut. Und er hat ganz dunkles Haar, fast so wie Prince, nur dass es nicht gelockt ist. Außerdem sind seine Augen freundlich und kein bisschen düster.

»Treffen wir uns gleich am Brunnen unten?«, fragt Theo. »Ich sag den anderen Bescheid.«

»Ja, bis gleich.«

»Sieht gut aus«, sage ich und schließe das Fenster.

»Was?«

»Nicht was, *wer*. Lennart.«

»Ja, finde ich auch«, gibt Shanti sofort zu. »Er hat total intensive hellgraue Augen. Und sehr schöne geschwungene, ganz lange Wimpern. Ist dir das auch aufgefallen?«

»Nein, aber dass du rot geworden bist, als er uns das Kompliment gemacht hat.«

»Echt, wie peinlich!« Shanti spielt verlegen mit ihrem Haarzopf. So habe ich sie noch nie erlebt.

»Keine Sorge, die Jungs haben es bestimmt nicht gesehen. Mir ist es nur aufgefallen, weil wir so nah beieinanderstanden.«

»Zum Glück ... Ich finde ihn ja auch nur irgendwie nett. Aber ich will keinen Freund oder so.«

»Ist auch besser. Jungs machen eh nur Ärger. Das habe ich bei meiner Schwester schon so oft mitbekommen, das kannst du dir gar nicht vorstellen. Entweder ist sie total glücklich und schwebt auf Wolke sieben oder ihr geht es total schlecht. Und immer ist irgendein Junge daran schuld. Total Banane.«

»Du hast es gut, du hast eine große Schwester, von der du dir alles abgucken kannst. Hätte ich auch gern.«

»Abgucken – von Cat?! Boah, das ist die totale Kackbratze. Ich wette mit dir, die schnüffelt, seit ich weg bin, die ganze Zeit in meinem Zimmer herum. Sei froh, dass du Sam hast. Der ist nämlich im Gegensatz zu meiner doofen Schwester total nett. Cat ist einfach nur panne.«

Shanti kichert.

»Was ist los, warum gibbelst du so?«

»Ach, ich find es nur total süß, wie du manchmal redest: *boah, gibbeln* ... das gibt es bei uns in Frankfurt gar nicht. Das klingt richtig nach Ruhrpott. Auch wenn du manchmal von deiner Oma erzählst. Du sagst *Omma.*«

»Die heißt ja auch so. Omma Erika. Und mein Oppa heißt Willem.«

»Wilhelm?«

»Ja, sach ich doch!«

Wir albern noch ein Weilchen herum. Shanti kommt zwar aus Frankfurt, aber einen richtig hessischen Dialekt hat sie nicht drauf. Das liegt daran, dass sie schon zu oft umgezogen ist, erzählt sie. Ich hingegen bin in Bottrop geboren und kann mir nicht vorstellen, da mal irgendwann wegzuziehen. Ich mag den Pott. Wobei … ich konnte mir ja bisher auch nicht vorstellen, mal für längere Zeit an einen anderen Ort zu gehen. Geschweige denn in ein Internat. Und jetzt …

»Machen wir uns fertig und gehen zu den anderen, ja? Und was zu futtern brauch ich auch bald! Ich könnte hier ständig nur essen.«

»Wart ihr schon wach oder seid ihr auch so unsanft von Theo und Lennart aus dem Schlaf gerissen worden?«, fragt Sam.

»In meinem Zimmer schläft ein lebender Wecker, der sich auch am Wochenende nicht ausstellen lässt«, antworte ich und stupse Shanti in die Seite. »So war ich zumindest halb wach.«

»Jaja, mein Schwesterherz, der kleine Buddha!« Sam legt einen Arm um sie. Die beiden haben wirklich ein sehr inniges Verhältnis.

Die anderen aus der Truppe sind auch schon alle vor

Ort. Dass das hier mit dem Anfreunden so schnell geht, hätte ich nie gedacht. Larissa sitzt auf dem Brunnenrand und lässt spielerisch eine Hand durchs Wasser gleiten. Miu gähnt herzhaft und steckt mich sofort damit an.

»He, keine Müdigkeit vortäuschen«, sagt Theo, der mit Jakob fachmännisch die großen Engelsskulpturen an allen möglichen Stellen abtastet. Während Jakob mit einem Finger gerade auf eine Engelsnase drückt, zieht Theo gleichzeitig an den Fingern der linken Hand.

»Ihr glaubt doch nicht wirklich, dass die durch den Brunnen gekommen sind, oder?«, fragt Shanti.

»Keine Ahnung, aber könnte doch sein. Paulina, hat die Sauerbrei dir nicht mal erzählt, dass sie früher auch davon ausgegangen sind, die Skulpturen könnten irgendwas damit zu tun haben?«

Frau Sauerbrei hat mir vielmehr anvertraut, dass sie sich früher vorgestellt hat, der schöne Brunnen könne Wünsche erfüllen. Und dass sie manchmal mit den beiden Engeln geredet hat. *Geteiltes Leid ist halbes Leid,* hat sie mir erzählt. Aber das behalte ich lieber für mich.

»Das war eine Freundin von ihr, meine alte Klassenlehrerin aus Bottrop, mit der die Sauerbrei hier zusammen im Internat war. Und die ist davon ausgegangen, dass einer der Gänge unter dem Brunnen beginnt. Aber gefunden hat sie den Gang nicht, soviel ich weiß.« Dass die beiden befreundet sind, darf ich bestimmt erzählen, das ist sicher kein Geheimnis.

»Seht ihr? Also habe ich doch recht gehabt.« Theo un-

tersucht behände die große flache Schale, die die beiden Engel zwischen sich halten. »Es gibt bestimmt mehrere Gänge, wahrscheinlich sogar ein ganzes Labyrinth.«

»Aber, Theo, jetzt mal ehrlich, meinst du, die wären wirklich so doof, den Zettel ausgerechnet an den Eingang des Geheimgangs zu heften?« Larissa kann echt analytisch denken. Das ist mir an den vergangenen Tagen schon mehrmals aufgefallen. »Die haben die Nachricht einfach dort platziert, wo sie gut zu sehen ist und gleich gefunden wird, nämlich mitten auf dem Schlosshof.«

»Klingt logisch«, sage ich.

»Vielleicht sollten wir mit der ganzen Sache warten, bis Clemens wieder zurück ist. Wenn er wirklich Pläne von den Gängen zu Hause rumliegen hat, haben wir wenigstens konkrete Anhaltspunkte«, schlägt Sam vor.

Jakob nickt. »Hat irgendjemand seine Handynummer? Dann können wir ihm eine Nachricht schicken. Der wird umfallen, wenn er erfährt, dass Sir James weg ist.«

Ich ziehe mein Handy aus der Hosentasche. »Ja, ich kann ihm schreiben.«

Clemens, Sir James wurde von den Festlandleuten entführt, mitten in der Nacht. Die sind vielleicht durch den Geheimgang gekommen. Kannst du mal nachgucken, ob der überhaupt unter dem Rhein langführt?

Ich überlege einen kurzen Moment, dann füge ich noch hinzu: *Vermissen dich hier! Paulina und die anderen,* das freut ihn bestimmt. Schließlich schaue ich in die Runde. »Ist erledigt, und jetzt?«

»Frühstück«, sagt Miu.

»Sehr gute Idee!«

Die Insel ist samstagmorgens um neun total ausgestorben. Wir sind die Einzigen in der Kantine. Das Frühstücksbuffet ist auf ein Minimum eingeschrumpft.

»Was haltet ihr von einem Picknick?«, schlägt Larissa vor. »Draußen ist es doch total schön. Wir könnten zum Beispiel runter zum Bootssteg gehen.«

»Liegt euer Frachter noch da?«, frage ich Lennart.

»Nein, mein Vater ist schon ganz früh los. Er hat irgendwelche Maschinenteile geladen, die pünktlich im Duisburger Hafen ankommen müssen. Normalerweise transportieren wir keine Container, sondern Schüttgut, Steine, Sand, Kohle und so.«

»Und du schipperst ab und zu mit?«, fragt Theo neugierig.

»Ja, aber das geht inzwischen nicht mehr. Die Touren dauern manchmal ein paar Tage am Stück. Deswegen bin ich ja jetzt hier.«

»Zu unserem Glück!« Theo klopft Lennart auf die Schulter, woraufhin dieser ihn angrinst.

Kurz darauf machen wir uns bepackt mit unseren Fressalien auf den Weg zum Bootssteg. Ich laufe neben Shanti ganz hinten. Sie zieht leicht an meinem Ärmel und gibt mir ein unauffälliges Zeichen, sodass wir uns zurückfallen lassen.

»Was ist?«, frage ich leise.

»Da stimmt doch irgendwas nicht.«

Ich habe keine Ahnung, wovon Shanti da gerade spricht. »Was meinst du?«

»Lennart. Vorhin hat er gesagt, seine Mutter hat ihm früher immer vorgelesen. Warum bleibt er denn nicht bei ihr, wenn sein Vater mit dem Schiff unterwegs ist? Das ist doch merkwürdig.«

»Vielleicht ist sie auch mit an Bord?«

»Nein, dann hätte er von seinen Eltern gesprochen. Er hat aber immer nur von seinem Vater geredet und seine Mutter gar nicht mehr erwähnt. Außerdem, hast du bemerkt, wie traurig er auf einmal aussah, als er gesagt hat, dass er deswegen jetzt hier ist?«

»Hm.« Shanti hat recht. Irgendwas stimmt da nicht. »Was meinst du, sollen wir ihn einfach mal fragen?«

»Nein, auf keinen Fall. Wenn er darüber reden will, dann wird er das irgendwann von allein machen.«

»In Ordnung.«

Theo und ich sind auf Rosenwerth, weil wir das Stipendium erhalten haben und unsere Eltern denken, das sei eine große Chance für unsere Zukunft. Theos Vater macht Wurst, die Mutter arbeitet hinter der Theke und verkauft sie. Sams und Shantis Eltern haben sich getrennt. Der Vater ist Psychologe und eigentlich ganz nett, soweit ich das beurteilen kann, aber Sam hat wohl einige Probleme mit ihm. Und die Mutter? Die tourt auf Selbstfindungstrip durch Indien. Larissa hat früher viel Leistungssport gemacht, Turnen. Durch den ganzen Druck hat sie kaum noch was gegessen, dann hat sie auch noch Asthma bekommen. Jetzt soll sie sich hier erholen und Abstand von den ganzen Strapazen gewinnen. Miu ist einfach nur froh, dass sie hier sein darf, weil ihre Eltern total streng sind und keine Zeit für sie haben. Von Jakob weiß ich noch nicht wirklich viel. Er erzählt relativ wenig und ist eher der ruhige Typ. Wer weiß, was ihn hierher verschlagen hat.

Meine Mutter arbeitet halbtags in einer Buchhandlung, mein Vater ist Saxofonist. Opa (Oppa) hat früher auf der Zeche gearbeitet und Oma (Omma) hat die Pommesbude im Schwimmbad. Alle verstehen sich untereinander. Natürlich gibt es auch hin und wieder mal Zoff, besonders mit Cat, aber ansonsten ... Mir geht es verdammt gut! Als mir das klar wird, macht sich ein warmes Prickeln in meinem Bauch breit. Und das möchte ich gern mit jemandem teilen.

»Ich bin unheimlich froh darüber, dass du auch hier bist«, sage ich spontan zu Shanti. »Ich meine, echt toll, dass du meine Freundin geworden bist.«

»Meinst du das ehrlich?«

»Ja, klar! Wieso sollte ich nicht?«

»Ach nur so, es ist nämlich ... Ich habe noch nie eine beste Freundin gehabt. Irgendwie kommen andere Mädchen meistens nicht so gut mit mir klar. In meiner alten Schule wurde ich teilweise sogar richtig gemobbt – weil ich einen so komischen Geschmack habe.«

Ich denke an meinen ersten Tag hier auf der Insel und wie Shanti sich bei der Eröffnungsfeier ausgerechnet neben mich gesetzt hat. Ehrlich gesagt fand ich ja auch, dass sie irgendwie total komisch aussieht, aber das hat sich geändert, seitdem ich Shanti richtig kennengelernt habe. »Jetzt hast du eine beste Freundin!« Kira bleibt natürlich meine allerbeste Freundin, aber hier auf der Insel ist Shanti auch meine Freundin. »Außerdem siehst du nicht komisch aus, sondern bist etwas ganz Besonderes. Du sagst immer, was du denkst. Und du bist total mutig. Es ist dir doch egal, was andere über dich und deinen Kleidungsstil denken. Und wenn dich hier irgendjemand mobben sollte, dann bekommt er es mit mir zu tun!«

Shanti grinst wie ein Honigkuchenpferd und sieht jetzt echt ein bisschen komisch aus. Ich muss lachen.

»Was ist?«, fragt sie.

»Nix! Mir geht es einfach nur gut.«

»Ja, mir auch!«

»He, ihr lahmen Schnecken!«, ruft Theo plötzlich. Die anderen sind viel schneller gelaufen als wir und schon fast unten am Steg, wo sie auf uns warten. »Wir haben gerade beschlossen, unser Picknick woanders abzuhalten. Wir gehen noch ein Stückchen weiter.«

»Wohin denn?«, fragt Shanti.

Ich kann es mir schon fast denken.

»Zur Kapelle!«

»Das war ja so was von klar«, sage ich. Er kann es einfach nicht lassen! Dass unter der Kapelle ein Geheimgang entlangführt, ist sicher. Den sind wir nämlich schon mal gegangen. Von der düsteren Folterkammer bis runter in den Keller mit den Taubenkäfigen – und den Fledermäusen. Theo will den Geheimgang suchen. Er hat uns ausgetrickst.

»Vergiss es, Theo«, sagt Larissa, als wir zu den anderen aufschließen, »mich kriegst du da nicht mehr rein. Ich habe keine Lust, in der feuchten Umgebung wieder einen Asthmaanfall zu bekommen.«

»Wer hat denn wann beschlossen, dass wir nicht am Bootssteg picknicken?«, fragt Shanti.

»Wir Jungs, gerade eben.«

»Aha.« Shanti zieht eine Augenbraue hoch.

Theo grinst. »Ihr müsst ja nicht mit runtergehen. Ihr könnt oben bleiben und Wache schieben.«

»Hallo?«, regt sich Shanti auf. »Wir können ja wohl selbst entscheiden, ob wir mitkommen oder brav auf euch warten, nicht wahr, Mädels? Was sagt ihr dazu?«

»Also, ich würde mitgehen«, sagt Miu sofort.

Shanti wendet sich an Larissa. »Hast du dein Spray dabei?«

»Ja, aber ich habe trotzdem keine große Lust darauf, da runterzugehen.«

»Ich auch nicht«, sage ich, erleichtert, dass es Larissa ähnlich geht wie mir. Die kleinen Flatterbiester haben mich fast zu Tode erschreckt. Das muss ich nicht noch einmal haben. »Wir bleiben oben in der Sonne. Meinetwegen schieben wir auch Wache. Oder was meinst du, Larissa?«

»Ja, wir passen auf, vorausgesetzt natürlich, dass ihr da überhaupt reinkommt. Die Tür ist bestimmt abgeschlossen.«

Theo zaubert ein seltsames Stück Draht aus dem Rucksack, das wie ein Schlüssel geformt ist, und präsentiert ihn uns mit dramatischer Geste. Ich habe mich die ganze Zeit schon gefragt, was er da alles mit sich rumschleppt.

»Das ist ein Dietrich«, sagt er stolz. »Den hab ich selbst gemacht, damit kann man ganz ohne Probleme alte Schlösser öffnen. Und soweit ich mich erinnern kann, war die Tür da unten nicht mit irgendwelchen Sicherheitsschlössern versehen. Zwei Taschenlampen habe ich auch. Und einen Kompass!«

»Na dann, auf geht's!«, sagt Miu.

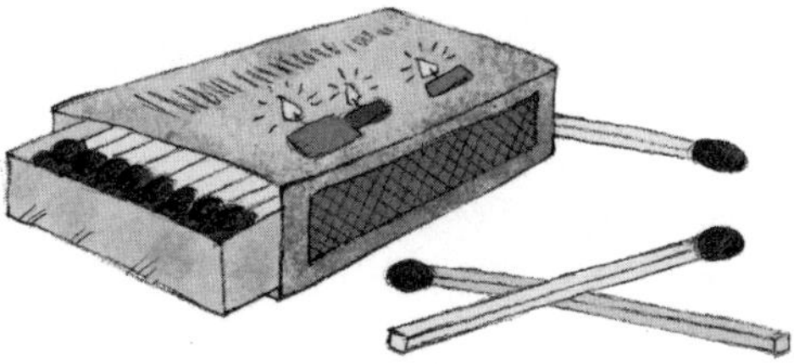

Kann man mein Herz klopfen hören?

»Sind die nicht schon ein bisschen lang da unten unterwegs?« Larissa zieht ihre Stirn in Falten.

Ich werfe einen Blick auf meine Uhr. »Schon über eine halbe Stunde.«

»Es kommt mir irgendwie noch länger vor. Ganz ehrlich, ich mach mir langsam Sorgen.«

Wir sitzen nebeneinander im Gras, vor der Kapelle. »Das mit dem Wachposten war von Anfang an totaler Blödsinn«, sage ich. »Wir können die doch eh nicht warnen, wenn jemand kommt. Handys haben unten keinen Empfang. Außerdem ist mein Akku alle.«

»Und ich habe meins nicht dabei. Wie doof! Was meinst du, sollen wir nachschauen gehen? Nicht dass etwas passiert ist. Vielleicht haben die sich verlaufen.«

Sofort macht sich ein mulmiges Gefühl in meiner Magengegend breit. Klein beigeben gilt aber nicht. »Ich glaube, das wäre besser, als einfach nur rumzusitzen.«

»Aber wir haben keine Taschenlampen und so in der Dunkelheit …«, gibt Larissa jetzt zu bedenken. Ihr behagt der Gedanke genauso wenig wie mir.

»Da waren doch Kerzen. Wir können es ja wenigstens mal versuchen.«

»Oder wir holen gleich Hilfe. Ach, ich weiß auch nicht.« Larissa zuckt hilflos mit den Achseln.

Mir fällt als Helfer spontan nur Herr Naunheim ein. Der kennt sich bestimmt mit dem Gängesystem aus. Aber begeistert wird er ganz sicher nicht sein. Er hat uns klar gesagt, dass wir da nichts zu suchen haben.

»Nein.« Ich rappele mich aus dem Gras auf. »Lass uns erst einmal allein gucken.«

Dass die Treppen so knarzen, ist mir beim letzten Mal gar nicht aufgefallen. Da sind wir aber auch mit der ganzen Klasse hochgetrampelt. Jetzt sind wir nur zu zweit und gehen auch noch nach unten. Zum Glück haben wir Streichhölzer gefunden. Die Kerzen flackern ein wenig, spenden aber immerhin etwas Licht.

»Gruselig«, sagt Larissa und im nächsten Moment halte ich die Luft an.

Wir haben den Kellerraum mit den Taubenkäfigen hinter uns gelassen und stehen nun in der Höhle, an die ich mich nur zu gut von unserem Klassenausflug erinnere. Unter der Decke hängen massenhaft von diesen kleinen schwarzen Fledermausbiestern. Ich weiß auch nicht, warum ich so eine Abneigung gegen sie habe, wo die doch eigentlich ganz süß aussehen.

»Die schlafen«, flüstert Larissa.

»Ist auch besser so.« Die Fledermäuse hängen dicht an dicht mit ihren Köpfen nach unten, direkt über unseren. »Bloß weg hier!«, zische ich.

Langsam gehen wir tiefer in den dunklen Geheimgang hinein. Ich kann Larissa laut neben mir atmen hören. Ihr Asthma fällt mir wieder ein. »Alles okay bei dir?«

»Ja.« Larissa greift nach meiner Hand. Ihre fühlt sich ganz feucht an. Aber vielleicht ist es auch meine? Ich habe auf jeden Fall ordentlich Schiss, sodass mir jeder Schritt tiefer hinein schwerfällt.

»Kann man mein Herz klopfen hören?«, frage ich. Ich spüre, wie es laut von innen gegen meine Brust pocht.

»Ich höre nur meins.« Larissa bleibt stehen und atmet tief durch. »Dass wir in so kurzer Zeit so viel erleben, hätte ich nie für möglich gehalten.«

»Frag mich mal! Ich dachte, hier im Internat wären nur Langweiler. Und jetzt das! Ob die anderen wirklich den Gang bis rüber zum Festland gefunden haben?« Der kalte Rhein fällt mir wieder ein, der über einem solchen Tunnel hinwegfließen würde. Die Vorstellung gefällt mir gar nicht. »Gehen wir weiter?«

»Ja, noch ein Stückchen«, flüstert Larissa. In dem Moment flackern beide Kerzen auf und meine erlischt. Larissa hält schützend eine Hand vor ihre Flamme, damit sie nicht auch noch ausgeht.

»Mist!« Meine Hand zittert, als ich nach den Streichhölzern greife und eins davon an der Schachtel reibe.

Als sich das Hölzchen entzündet, wird der Gang kurz hell erleuchtet, und ich sehe aus den Augenwinkeln, dass rechts von uns eine sehr schmale Passage in einen anderen Gang führt. Ist die Kerze deswegen ausgegangen? Zum Glück leuchtet die Flamme wieder auf, als ich das Streichholz an den Docht halte.

Der Durchgang ist mir beim letzten Mal gar nicht aufgefallen, aber da habe ich auch nicht darauf geachtet. Ich halte meine Kerze zu dem dunklen Spalt hin, durch den maximal eine Person passen würde.

»Wenn die das auch gesehen haben, sind die da lang, ganz sicher.«

»Na ganz toll«, sagt Larissa und schnauft schwer. »Gehst du vor? Ich trau mich nicht.«

»Ich eigentlich auch nicht. Hältst du dich an mir fest?«

»Ja, mach ich.«

Larissa greift sich einen Zipfel meines T-Shirts. So gehen wir nacheinander tapsend in das schwarze Loch hinein, setzen einen Fuß vor den anderen auf den weichen Erdboden.

»Guck mal!« Ich halte meine Kerze an die dunkle Steinwand, auf die jemand eine große weiße Drei und einen Pfeil in Richtung Ausgang gemalt hat. »Das war bestimmt Theo. Wir müssen die Wand absuchen. Vielleicht sind da noch mehr Zeichen.«

»Warum flüstern wir eigentlich?«, frage ich und Larissa zuckt mit den Schultern.

»Hallo, wo seid ihr?«, rufe ich nun laut. »Shanti, Theo … Ja-kob?« Meine Stimme verhallt im Nichts.

Mutig gehen wir etwa zehn Meter weiter in den Gang hinein, dann erlöschen auf einmal beide Kerzen. So als wären sie ausgepustet worden. Wir bleiben wie angewurzelt stehen.

»Scheiße«, jammert Larissa. »Ich hab so was von Angst!«

»Warte, ich mach sie wieder an …« Ich ziehe die Streichholzschachtel aus der Hosentasche, öffne sie – und lasse sie fallen.

»Mist!« Auch das noch. Es ist so dermaßen stockdunkel, dass ich die Schachtel nicht finden kann, nur ein paar der Hölzer. Ich gehe in die Hocke und taste mit beiden Händen die Erde ab. »Das doofe Ding kann doch nicht einfach verschwunden sein.«

Ist sie aber. Panik macht sich in uns breit. Als wir ein Rascheln ganz in unserer Nähe hören, quiekt Larissa auf und greift schreckhaft nach meiner Hand.

»Bestimmt … bestimmt nur eine Fledermaus«, stottere ich. »Oder irgendein anderes Tier.«

»Ganz egal was es war, es reicht mir jetzt. Lass uns umkehren!«

»Einverstanden! Nichts wie raus hier.«

Diesmal muss Larissa vorangehen. Wir können absolut nichts sehen. Und unsere Augen gewöhnen sich auch nicht an die Dunkelheit. Ich lasse meine linke Hand über die Tunnelwand streifen, damit wir die Abzweigung ja nicht verpassen. Welche Krabbeltierchen ich damit aufschrecke, will ich mir lieber nicht vorstellen.

Als wir endlich den bekannten breiteren Gang und schließlich die Höhle erreichen, atmen wir erleichtert auf. Zum ersten Mal freue ich mich über den Anblick der kleinen Fledermäuse, die wie immer unter der Decke hängen. Wir gehen die knarrende Treppe nach oben, öffnen die Tür zur Kapelle und ich bleibe wie angewurzelt stehen. Larissa, die hinter mir nach oben drängelt, knallt volle Kanne in mich rein.

»Was ist?«, fragt sie. Dann sieht sie es selbst beziehungsweise *ihn.*

In der ersten Bankreihe sitzt – Prince! Er hatte bis eben den Kopf in seine Hand gestützt und das Fenster mit den schönen Rosenverzierungen betrachtet. Jetzt starrt er uns mit aufgerissenen Augen an.

»Wo kommt ihr denn her?«

Die Frage hätte er sich sparen können, wenn er gut im Kombinieren wäre.

»Wart ihr etwa da unten?«

Wieder mal hat es mir die Sprache verschlagen, außerdem habe ich mir ja sowieso geschworen, mit ihm kein einziges Wort mehr zu reden.

Larissa hat diese Vereinbarung natürlich nicht getroffen. »Kannst du dichthalten?«, fragt sie ihn.

Prince nickt. Dabei guckt er komischerweise mich an. Mir ist es gar nicht recht, dass Larissa ihm jetzt wohl von unserer Aktion erzählen will. Auf der anderen Seite mache ich mir echt Sorgen um unsere Freunde. Und Prince war zumindest schon mal mit Hendrik unten im Geheimgang, so viel ist sicher. Die beiden haben uns an unserem ersten Schultag schließlich in der Folterkammer eingesperrt. Dass Larissa wegen ihm einen Asthmaanfall bekommen hat, weiß sie aber nicht, denn nur Shanti und ich haben die beiden mit übergezogenen Kapuzen gesehen. Und ich habe Prince erkannt, aber keinem davon erzählt. Weil er sich allerdings da unten ein bisschen auszukennen scheint, weiß er vielleicht, wo Theo und die anderen stecken könnten.

»Ein paar von uns sind runter in den Keller«, sagt Larissa, »und dann weiter in den Geheimgang. Du hast bestimmt schon davon gehört, dass es hier einen gibt, oder?«

Prince nickt. »Das weiß hier jeder. Außerdem bin ich schon ein bisschen länger auf Bernstein als ihr. Wie waren letztens auch erst unten.«

»Aber sie sind jetzt bestimmt schon eine Dreiviertelstunde unterwegs. Wir wollten nach dem Rechten sehen, aber in einem Nebengang sind plötzlich unsere Kerzen ausgegangen. Und da …«

»Ihr beide seid allein da runter? Respekt!«

»Ja, weil wir uns echt Sorgen machen.« Larissas Stimme hört sich jetzt wieder quiekend an. Bestimmt fängt sie gleich an zu heulen. Ich beschließe unter diesen Umständen, mein Schweigegelübde Prince gegenüber zu brechen – für meine Freunde.

»Hilfst du uns?«, frage ich. Dabei verknote ich mir beinahe die Zunge, so schwer fallen mir die drei Worte.

Über Prince' Gesicht huscht ein Lächeln. »Klar!« Er springt sofort von der Bank auf und kommt auf uns zu. »Und ihr habt echt einen Nebengang gefunden? Wir haben bisher nur den direkten Weg von der Bibliothek in die Folterkammer und von da aus in die Kapelle entdeckt.«

Larissa nickt. »Da zuerst eine Kerze ausgegangen ist, muss definitiv ein Luftzug im Spiel gewesen sein. Sonst hätten wir die schmale Abzweigung auch nicht gesehen.«

»Ah, deswegen. Wir waren immer nur mit Taschenlampen unterwegs.«

Ich schaue auf die Kerze in meiner Hand. »Wir haben leider keine Streichhölzer mehr, ich hab die Schachtel im Gang fallen gelassen.«

Prince zieht ein Feuerzeug aus der Tasche.

»Rauchst du etwa?«, fragt Larissa.

»Nein, aber wir wollten gestern ein Lagerfeuer machen. Unten am Rhein gibt es eine kleine versteckte Bucht, die von außen nicht einsehbar ist.« Prince lässt einmal kurz die Flamme aufflackern. »Aber dazu ist es dann nicht mehr gekommen, weil uns irgendjemand …«, jetzt sieht er mich direkt an, »im Bootshaus eingesperrt hat.«

»Echt?«, fragt Larissa empört. Sie kann richtig gut schauspielern.

»Ach, kommt schon, ihr beiden, jetzt tut doch nicht so unschuldig.« Prince grinst zuerst Larissa, dann mich an. »Ich habe deine rote Lockenmähne erkannt. Du warst definitiv auf dem Kahn. Und wo du bist, sind in der Regel deine Freunde auch nicht weit.«

»Das war eine Verwechslung«, plappert Larissa aus. »Wir wollten nicht euch, sondern die Festlandtypen erwischen. Die hatten vor, uns nachts die Kanus zu klauen. Tja … und jetzt haben sie Sir James.«

»Was?« Prince reißt die Augen auf.

»Darüber können wir doch auch später noch reden.« Langsam werde ich echt ungeduldig. »Jetzt gibt es erst einmal Wichtigeres als den alten Gockel. Lasst uns runtergehen und gucken, wo die bleiben. Oder sollen wir doch Hilfe holen?« Irgendwas stimmt da unten nicht, da bin ich mir sicher.

»Ja klar, du hast recht.« Prince geht am Altar vorbei zu einem kleinen Holzschränkchen und schiebt es ein Stückchen von der Wand weg. Dann greift er von hinten hinein und zieht eine große Kerze hinaus. »Trick siebzehn.« Grinsend kommt er damit auf uns zu.

Auf einmal scheint die Sonne durch das mit roten Rosen bemalte Bleiglasfenster und wie in einem entrückten

Augenblick bricht sich das hereinfallende Licht darin und tanzt rosafarben über Prince, sodass er aussieht, als wäre er nicht von dieser Welt.

»Schön, dass du wieder mit mir redest«, sagt Prince.

»Hmpf«, mache ich. Unter normalen Umständen würde ich mir eher die Zunge abbeißen …

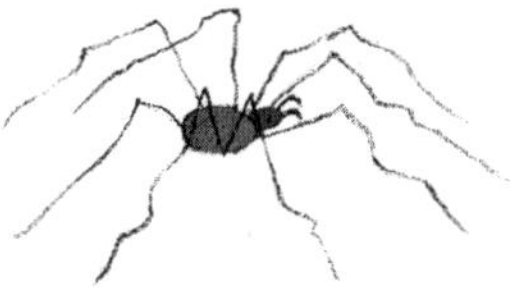

Das ist Fledermausscheiße!

Ich mag Prince nicht. Er ist mir einfach total unsympathisch. Aber komischerweise habe ich in seiner Gegenwart gar keine Angst mehr, obwohl der Gang immer noch genauso dunkel wie eben ist. Prince bildet die Vorhut, Larissa und ich sind dicht hinter ihm. Wir gehen ganz genau denselben Weg wie vorhin, allerdings meiner Meinung nach schon viel zu weit geradeaus. »Wir müssen vorbeigegangen sein«, sage ich.

Larissa bleibt stehen. »Das glaube ich auch. Obwohl wir die Wand die ganze Zeit abgeleuchtet haben.«

»Lasst uns wieder zurückgehen und noch mal von vorn anfangen«, sagt Prince und dreht um. Genau in dem Moment deutet Larissa nach vorn in den dunklen Gang hinein. »Guckt mal!«

In der Ferne sieht man mehrere Lichtpunkte durch die Dunkelheit hüpfen. Taschenlampen!

»Miu!«, ruft Larissa erleichtert, »Shanti! Seid ihr das?«

Ihr Ruf hallt durch den langen Gang. Es hört sich am Ende irgendwie lang gezogen an, fast so, als würde ihre Stimme an den Wänden reflektiert und zurückgeworfen werden.

»Klingt wie ein Echo«, sagt Prince überrascht.

»Ja!«, »Wir sind hier«, ertönt es gleich mehrstimmig auf einmal.

»Wie viele sind das denn?«, wundert sich Prince. »Das hört sich ja wie eine ganze Klasse an.«

Während ich noch im Kopf die Namen zusammenzähle, sagt Larissa schon: »Sechs.«

Wir gehen unseren Freunden entgegen, die ganz aufgeregt auf uns zukommen.

»Bin ich froh, dass euch nix passiert ist!« Ich falle zuerst Shanti, danach Miu um den Hals.

»Ihr solltet doch Wache schieben. Was macht ihr denn hier unten?«, fragt Sam und stutzt, als er unseren Begleiter entdeckt. »Prince?«

»Ja, hi. Die Mädels haben sich Sorgen um euch gemacht. Und da ich gerade zufällig in der Nähe war ...«

»Sorgen ist gut«, empört Larissa sich. »Wir sind fast gestorben vor Angst um euch! Wo wart ihr denn so lange? Ihr seid jetzt insgesamt fast eine ganze Stunde unterwegs.«

»Wir sind bis zur ...«,

sagt Theo, bricht dann aber plötzlich ab, als sein Blick auf Prince fällt.

»Er kennt sich hier unten ein bisschen aus«, erkläre ich. »Du kannst also ruhig offen reden.«

»Gut. Wir sind bis zur Folterkammer und haben von da aus versucht weiterzukommen, aber nichts gefunden. Wir haben Ewigkeiten alles genau abgesucht, aber die Tür war abgeschlossen. Wir konnten nicht raus. Also sind wir wieder den Gang entlang zurück.«

»Es gibt einen Trick, wie man von innen die Tür öffnen kann«, sagt Prince und sieht mich wieder an. »Ich dachte, die Sauerbrei kennt ihn. Sonst hätten Hendrik und ich euch nie da drinnen schmoren lassen.«

»Ihr wart das?«, fragen Larissa und Miu gleichzeitig.

»Das war echt total bescheuert«, schimpft Shanti. »Fast so schlimm wie die blöde Geisteraktion am Rhein.«

»Ja, tut mir auch echt leid.« Prince schlägt Jakob auf die Schulter. »Das mach ich wieder gut, Alter, versprochen. Und bei dir auch, Paulina.«

Das hat er am Rhein auch schon zu mir gesagt, als ich tropfnass neben ihm hergelaufen bin. Wenn er jetzt denkt, nur weil er mit uns hier unten im Geheimgang steht, würde ich alles vergessen, hat er sich aber gewaltig getäuscht.

»Dann streng dich mal an«, sagt Shanti.

»Ist schon okay, zumindest für mich«, lenkt Jakob ein. »Jeder kann ja mal danebenhauen.« Typisch Jungs! Ein Schulterklopfen und die Sache ist aus der Welt geschafft.

Prince hat nicht nur einmal danebengehauen, sondern gleich zweimal, und zwar fett!

»Wie funktioniert denn der Trick? Kannst du ihn uns zeigen?«, fragt Lennart neugierig. »Dann könnten wir es gleich noch mal probieren, wo wir ja eh schon alle hier unten sind.«

»Ja, kann ich, aber das machen wir lieber ein anderes Mal. Die Mädels haben nämlich eine interessante Entdeckung gemacht, als sie nach euch gesucht haben. Sie waren ganz allein hier unten, stellt euch das mal vor! Die haben echt Mumm in den Knochen.«

Zum Glück kann man in der Dämmerung nicht sehen, dass ich gerade feuerrot werde. »Wir haben tatsächlich einen Nebengang gefunden«, sage ich stolz. »Aber jetzt ist er auf einmal verschwunden. Wie vom Erdboden verschluckt.«

»Er war enger und noch viel gruseliger als der hier«, sagt Larissa. »Und von irgendwoher kam Luft. Die Kerzen haben geflackert, als wir vorhin daran vorbei sind. Aber eben auf einmal nicht mehr. Ich habe die ganze Zeit die Flamme im Auge gehabt.«

»Auf welcher Seite?«, fragt Jakob.

»Von der Richtung, aus der ihr kommt, links.«

»Na dann!« Jakob geht vor. Er hält seine Taschenlampe so in der Hand, dass der Griff über die Wand streift und dabei kratzende Geräusche von sich gibt.

»Gute Idee!«, sagt Sam. »Wenn hier wirklich irgendwo ein Nebengang ist, dann werden wir ihn so finden.«

Was soll das denn heißen, *wenn*? Das haben wir uns ganz bestimmt nicht eingebildet! »Er war nicht nur da, wir sind auch reingegangen«, stelle ich klar.

Die Taschenlampe gibt die ganze Zeit über das gleiche kratzende Geräusch von sich, als wir hinter Jakob hermarschieren. An einer Stelle bleibt der Griff hängen, aber nur, weil die Wand dort etwas vorsteht, einen Eingang finden wir nicht. Plötzlich stehen wir wieder in der Höhle. Dass die Fledermäuse über uns hängen, nehme ich kaum noch wahr. Erst als eine ganz dicht über meinem Kopf herumflattert, zucke ich erschrocken zusammen.

»Seid ihr euch wirklich sicher, dass da ein weiterer Gang war?«, fragt Theo. »Vielleicht habt ihr euch auch nur mit der Seite vertan? Ich mein ja nur, es ist immerhin ziemlich dunkel hier unten.«

Larissa schnauft aufgebracht auf. »Paulina und ich können ganz gut rechts von links unterscheiden. Da war einer, auf jeden Fall. Und wenn er jetzt nicht mehr da ist, dann muss irgendjemand die Passage geschlossen haben.«

Skeptisch schaue ich zu Prince hinüber. Der saß oben in der Kapelle, als wir zurückgekommen sind. Ob er was damit zu tun hat und uns alle gerade ganz frech aufs

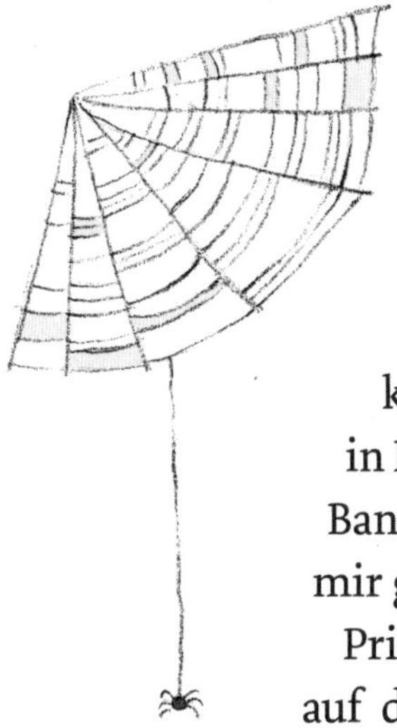

Glatteis führt? Aber wie sollte er an ihnen vorbeigekommen sein?

»Guck mich nicht so böse an, Paulina, ich war das nicht, Ehrenwort. Ich komme häufig in die Kapelle, um mal ganz in Ruhe für mich zu sein. Ich bin fast von der Bank gefallen, als ihr vorhin auf einmal vor mir gestanden habt.«

Prince saß wirklich total gedankenverloren auf der Bank, als wir in die Kapelle hochgekommen sind. Wenigstens sah er ziemlich überrascht aus. Er muss ein verdammt guter Schauspieler sein, wenn er uns damit was vorgemacht hat. Aber wenn er es nicht war …

»Also, irgendwer muss definitiv in dem Nebengang gewesen sein. Da hat nämlich jemand mit Kreide eine große Drei und einen Pfeil Richtung Ausgang an die Wand gezeichnet.«

»Es könnte aber auch sein«, sagt Larissa, »dass das ein älterer Wegweiser gewesen ist.«

»Zum Beispiel von den Festlandtypen. Ich wette mit euch, dass sie durch den Geheimgang auf die Insel gelangt sind. Und dann haben sie den armen Sir James durch diesen dunklen Tunnel geschleppt.« Theo klingt richtig empört, als er das sagt.

»Wir sollten noch mal zurück zu der Stelle, an der Jakob mit der Taschenlampe hängen geblieben ist«, sagt Larissa. »Ich bin mir sicher, da finden wir den Eingang.

Dass er jetzt verschlossen ist, würde auch erklären, warum die Kerzen nicht mehr geflackert haben: Es war völlig windstill!« Sie überlegt und fährt sich dabei knapp über dem Ohr mit den Fingern durch ihr kurzes Haar, so als würde sie eine Strähne aus dem Gesicht streichen wollen. Das macht sie häufig, wenn sie sich konzentriert. Bestimmt hatte sie mal eine Langhaarfrisur. »Vorher ist auch an dieser Stelle Paulinas Kerze ausgegangen.«

»Und warum stehen wir dann hier noch dumm rum? Lasst uns einfach nachsehen«, sagt Miu.

Jakob schleift also wieder seine Taschenlampe an der Wand entlang und es dauert nicht lange, da bleibt er stehen. »Hier muss es sein.« Und kurz darauf: »Das darf doch nicht wahr sein!« Jakob klopft mit der Taschenlampe auf die Wand. »Das ist Plastik, eine Plastikwand!«

Jetzt wollen alle einen Blick auf Jakobs Entdeckung werfen. Theo und Sam sind sofort mit ihren Taschenlampen da und leuchten ganz nah dran.

Prince streicht mit der Handfläche darüber. »Irre. Da hat sich aber jemand große Mühe gegeben. Sieht aus wie echt. Und fühlt sich auch so an, zumindest wenn man nur leicht darüberstreicht.«

Larissa und Miu gehen auf die Knie und leuchten den Boden ab. »Die kann man wahrscheinlich zur Seite schieben. Sieht nicht so aus, als wäre sie irgendwo befestigt.«

Tatsächlich lässt sich das blöde Ding ganz einfach bewegen. Alle sind ganz aufgeregt, nur mir verhagelt es gerade die Laune. »Shit!«, entfährt es mir.

»Was ist los, Paulina?«, fragt Sam.

»Na ja, mir ist nur gerade klar geworden, dass irgendjemand nach uns hier unten gewesen sein muss, der den Durchgang wieder zugemacht hat. Und zwar während wir oben in der Kapelle bei Prince waren und ihr anderen noch in der Folterkammer nach einem Ausgang gesucht habt. Nur – wo ist derjenige jetzt gerade? Hat er uns vorhin beobachtet? Und macht er es jetzt vielleicht sogar auch?«

Das raschelnde Geräusch fällt mir wieder ein. Was, wenn es gar kein Tier war?

Larissa greift nach Theos Taschenlampe und leuchtet den Gang in Richtung Höhle ab. Sam leuchtet in die andere Richtung zur Folterkammer hin. Aber es ist niemand zu sehen.

Ich zeige in den engen schmalen Gang, in dem ich gerade mit Larissa war. »Der muss hier drin gewesen sein, sonst hätten wir ihn doch bemerkt.« Bei dem Gedanken läuft es mir kalt den Rücken hinunter.

»Mensch, Paulina, du machst mir jetzt echt Angst!« Miu sieht auf einmal gar nicht mehr begeistert aus. Auch die Jungs gucken argwöhnisch in das dunkle Loch.

»Dann bleibt uns wohl nichts anderes übrig, als hineinzugehen«, sagt Theo. »Erst ein paar Jungs, dazwischen die Mädels, dann wieder Jungs als Nachhut. Was haltet ihr davon?«

Es kommt kein Einspruch.

Theo und Jakob gehen vorneweg, Prince, Lennart und

Sam hinter uns her. Ich kann Prince dicht hinter mir spüren. Das ist nicht unbedingt förderlich, was meine Gänsehaut anbelangt. Tausende Gedanken spuken mir auf einmal durch den Kopf. Das merkwürdig-düstere Gedicht, das Prince im Schreiblabor zum Besten gegeben hat, seine durchdringenden dunklen Augen, dass ich immer noch kein Kreuz zum Schutz vor Vampiren habe – und dass Prince eben irgendwie verdammt traurig und einsam da oben in der Kapelle ausgesehen hat. Was macht er heute überhaupt hier? Die älteren Schüler dürfen doch am ersten Wochenende schon nach Hause. Die vierwöchige Anwesenheitspflicht gilt nur für Neuankömmlinge wie uns.

Wir gehen im Schneckentempo den dunklen, engen Gang entlang. Als Jakob vorne plötzlich stehen bleibt und alle anhalten, läuft Prince auf mich drauf.

»Sorry«, nuschelt er. Dabei kann ich seinen Atem ganz dicht an meinem Ohr spüren. Was hat dieser blöde Kerl nur an sich, dass ich schon wieder Gänsehaut bekomme?

»Ich bin auf was draufgetreten«, sagt Jakob. »Sieht aus wie ... *deine* Streichholzschachtel, Paulina.«

»Dann sind vorhin hier unsere Kerzen ausgegangen. Ist da vorn vielleicht noch ein anderer Gang? Siehst du irgendetwas?«

Theo pfeift durch seine Zähne. »Wow!«

»Was? Was ist da?«, wollen alle wissen.

»Hier ist nicht nur ein anderer Gang, es sind zwei, quasi eine Weggabelung. Ein Gang führt nach links ab, einer nach rechts.« Theo klingt fast ehrfurchtsvoll, als er in die Gänge hineinleuchtet.

»Und jetzt?«, fragt er. »Teilen wir uns auf? Zwei gehen weiter geradeaus, zwei links und der Rest geht rechts?«

Ich will gerade lauthals Einspruch erheben, da kommt Prince mir zuvor. »Nein!«, sagt er entschieden. »Das ist viel zu gefährlich. Wir sollten alle zusammenbleiben, wenn wir schon weitergehen.«

Larissa, Miu und ich stimmen sofort zu.

»Das sehe ich auch so«, sagt Sam. »Wer weiß, wie verschachtelt das hier unten ist. Wir sollten auf jeden Fall auch Zeichen machen, wenn wir den Weg aus diesem Labyrinth je wieder zurückfinden wollen.«

Da fällt mir der aufgemalte Pfeil und die Drei wieder ein. »Theo, leuchte doch mal die Wände an der Gabelung ab. Vielleicht gibt es schon einen Wegweiser.«

Theo knipst seine Taschenlampe an. Die hat er vorhin ausgemacht, damit wir so besser auf die Bewegung der Kerzenflammen achten konnten. »Tatsächlich, eine Zwei! Hier lang.« Er zeigt in den linken Gang. »Da geht es bestimmt in Richtung Rhein, wetten?«

»Theo«, sagt Larissa und holt ihn auf den Boden der Tatsachen zurück, »theoretisch führt hier jeder Gang zum Rhein, wenn er nur lange genug geradeaus geht. Wir sind hier nämlich auf einer Insel, und zwar auf einer verdammt kleinen.«

Miu kichert. »Da hat sie recht, Theo.«

»Larissa ist eben verdammt clever!«, sage ich.

»Ja, ist ja schon gut. Und? Worauf warten wir?«

Der Gang ist etwas breiter, sodass wir gut zu zweit nebeneinandergehen können. Theo geht vorn neben Prince, danach Larissa und Miu, dann Shanti und ich, Sam, Jakob und Lennart bilden die Nachhut.

»Der kann ja schon ganz nett sein«, sagt Shanti leise.

Ich weiß sofort, wen sie meint. »Hm, wenn du meinst.«

»Außerdem guckt der dich die ganze Zeit an.«

»Das ist sein schlechtes Gewissen! Es steht ihm ins Gesicht geschrieben.«

»Quatsch, der steht auf dich, und zwar so was von!«

»Nicht mein Problem!«

»Was ist nicht dein Problem?« Lennart schiebt sich plötzlich zwischen uns und legt seine Arme um unsere Schultern. Zu dritt wird es eng, aber es passt gerade noch so. Er scheint sich so nah bei uns sichtlich wohlzufühlen. Als ich im Kerzenlicht über ihn hinweg Shantis Honigkuchengrinsen entdecke, muss ich lachen.

»Was ist, warum lachst du so?«, fragt Miu und dreht sich zu uns um. Und dann kichert sie los. »Du hast einen

Hasenköttel im Haar hängen, Lennart. Wie kommt der denn dahin?«

»Haha, sehr witzig!« Lennart schüttelt seinen Kopf.

Im Schein des Kerzenlichtes kann man das hartnäckige schwarze Klümpchen kaum erkennen. Aber jetzt wo Miu es sagt …

»Hier, in der Haarsträhne über dem Auge. Aber das ist kein Hasenköttel …« Ich schaue noch einmal genauer hin. »Das ist Fledermausscheiße!«

»Bah, echt?« Lennart greift sich in die Haare und zieht das Klümpchen heraus. »Ist ja widerlich. Wo kommt das denn her?«

Ich halte meine Kerze nach oben in Richtung Decke. Und dann ziehe ich sie ganz schnell wieder zurück. »Die hängen über uns!«

»Dann kommen wir bestimmt gleich irgendwo raus«, sagt Larissa. »Wir gehen ja jetzt auch schon eine ganze Weile hier lang. Und ich hab das Gefühl, dass es etwas bergauf geht.«

Larissa hat recht. Der Gang führt leicht ansteigend noch einige Meter weiter, dann endet er plötzlich. Allerdings führt kurz vorher ein anderer Weg nach rechts.

»Was ist das denn für ein Mist!«, sagt Theo. »Der Gang wurde zugemauert. Diesmal ist es kein Plastik, die Steine sind echt.«

Wir müssen zwangsläufig die Abzweigung nehmen. »Hier ist die Eins!«, sagt Prince, und wir kommen in eine etwas größere Höhle, ähnlich der hinter dem Keller der Kapelle, nur dass sie etwas heller ist. Eine kleine Treppe führt nach oben zu einer Art Holztür, die nur aus einigen zusammengenagelten Brettern zu bestehen scheint. Durch die Ritzen fällt Licht.

Theo und Prince sind zuerst oben und schieben die Tür ohne große Anstrengung zur Seite.

»Hier geht's eindeutig nach draußen«, sagt Theo. »Sieht ganz nach einem Gebüsch aus.«

Wir klettern nacheinander nach oben, schieben die Äste und das Gestrüpp zur Seite und schauen uns neugierig um.

»Wir sind auf der anderen Inselseite, direkt gegenüber vom Bootshaus«, stellt Shanti fest. »Da unten ist der Rhein.« Sie zeigt auf den Fluss, der breit an unserer kleinen Insel vorbeifließt.

»Das gibt's doch nicht!«, rufe ich. »Guckt mal.«

Unten am Ufer liegen Kanus, in die gerade vier Paddler einsteigen. Die MCGler! Wir rennen alle auf einmal los, runter zum Flussufer. Aber wir kommen zu spät. Die Boote sind schon auf dem Wasser und treiben in der Strömung fort.

»Das ist ja so was von dreist!«, sagt Sam. »Und alles nur, weil ich mir ein Kanu von ihnen ausgeliehen habe. Und ich Doofmann habe mich auch noch bei denen entschuldigt. Das gibt Rache, das lass ich auf keinen Fall auf mir sitzen!«

»Die haben uns voll ausgetrickst«, stellt Larissa fest und lässt sich auf den Boden fallen. Da sitzen wir jetzt alle und schauen ziemlich dumm aus der Wäsche.

Die Festlandgymnasiasten sind nicht durch den Geheimgang unter dem Fluss entlanggekommen. Sie sind kackendreist mit ihren Kanus über den Rhein gepaddelt und haben die Dinger irgendwo versteckt, sonst hätten wir sie vorhin entdeckt. Und dann erst sind sie durch den Geheimgang bis zum Schloss gelaufen. Sie waren anscheinend bis eben hier auf der Insel und keiner von uns hat was gemerkt. Wir sind davon ausgegangen, dass sie gestern Nacht da waren und schon wieder weg sind, dabei sind sie frühmorgens gekommen, als wir alle noch geschlafen haben. Aber was haben die dann noch so lange hier auf der Insel getrieben?

»Das schreit nach Revanche«, sage ich. »Wir müssen unbedingt rausfinden, wo das Fehdenbuch ist. Dann können wir nachschauen, was wir Bernsteiner schon alles angestellt haben. Und eine neue Seite füllen.«

»Ich weiß, wo das Buch ist.« Prince legt sich auf die Wiese und verschränkt genüsslich seine Arme hinter dem Kopf.

»Echt, wo denn?«

»Ich weiß nicht, ob ich euch das sagen soll. Immerhin wurde es mir hoch und heilig anvertraut. Und ich darf das Versteck nur unter bestimmten Bedingungen verraten.«

»Die da wären?«, frage ich. Ich kann mir irgendwie nur schwer vorstellen, dass ausgerechnet Prince derjenige sein soll, dem ein solch wichtiges Internatsgeheimnis anvertraut wurde.

»Es ist ein ungeschriebenes Gesetz, dass man dafür helfen muss, das Bootshaus zu streichen. Herr Naunheim hat uns nämlich dazu verdonnert. Ihr wisst ja warum.«

»Ja klar, Alter, kein Problem, machen wir alle, oder?« Theo geht sofort auf den Handel ein und schaut abwartend in die Runde.

Nachdem alle, sogar ich, zugestimmt haben, setzt Prince sich wieder auf und sagt geheimnisvoll: »Dwalin hat es im Auge.«

»Was? Was soll das denn sein?«, fragt Sam.

Ich wusste doch, dass Prince uns veräppelt. »Dwalin ist doch einer der Zwerge aus *Der Herr der Ringe*«, sage ich.

»Richtig, aber Dwalin ist auch ein Hirsch aus der germanischen Mythologie, der Suchenden und Umherirrenden den Weg zeigt.«

»Und wo finden wir diesen geheimnisvollen Hirsch?«, fragt Miu. »Ich hab hier noch keinen gesehen. Hier gibt es nur Hasen und Fledermäuse.«

Aber ich, und zwar in der Bibliothek, das schöne Fresko an der Wand. Der Hirsch, der durch das Eisentor läuft!

»Ist es am Eingangstor zum Schlosshof versteckt?«, frage ich nach.

»Nein, Dwalin schaut darauf. Er bewacht es sozusagen. Es ist …«

»… in der Bibliothek«, vervollständige ich den Satz und Prince nickt. Wusste ich es doch! Genau da hätte ich es auch versteckt.

»Was ist, gehen wir?«, sagt Theo.

Wir Mädchen liegen nebeneinander im Gras und ich schließe genüsslich die Augen.

»Erst ruhen wir uns noch ein Weilchen in der Sonne aus. Da unten war es kalt und dunkel«, sagt Larissa und spricht mir damit aus der Seele. »Ich brauche eindeutig eine Erholungspause.«

Jetzt strecken sich auch die Jungs lang auf der Wiese aus. Alle schweigen andächtig und hängen ihren Gedanken nach.

»Sir James!«, sagt Prince trocken, als vom Fluss her ein leises Kikeriki in unsere Richtung hinüberschallt. »Da fährt er dahin.«

Dwalin hat es im Auge

»Himmel, mir tut alles weh!« Kritisch betrachte ich mich im Spiegel, dann reibe ich mir mit einem feuchten Tuch ein paar weiße Farbspritzer aus dem Gesicht. Ich habe zwar geduscht, aber ein paar Kleckse sind dabei nicht abgegangen.

»Mir auch«, jammert Shanti. »Mir fallen gleich die Arme ab. Wenn mich noch mal jemand fragt, ob ich einen Pinsel halten kann, sage ich Nein. Ich wusste ja nicht, dass Malerarbeiten so dermaßen anstrengend sein können. Ich frage mich, wie ich gleich beim Abendessen die Gabel zu meinem Mund führen soll.«

»Aber irgendwie war es auch lustig. Ich habe mir fast in die Hose gepinkelt vor Lachen, als deinem Bruder die Farbrolle vom Stab gefallen und ausgerechnet auf Carla gelandet ist. Schade, dass du da nicht hingeschaut hast. Du hättest mal ihr Gesicht sehen müssen, das ist vor Wut sofort rot angelaufen.«

»Ich hab sie laut rumschreien hören, das hat mir gereicht.«

»Ja, ganz toll, das galt nämlich mir. Sam lässt die blöde Rolle fallen, aber Carla schreit *mich* an. Und das nur, weil ich gelacht habe. Das sah aber auch zu komisch aus. Die anderen haben auch voll rumgegibbelt, aber die haben nichts von den Beschimpfungen abbekommen, nur ich.« Ich kratze den letzten Farbspritzer auf meiner Nase ab. »Egal! Das Schauspiel hat sich echt gelohnt. Eigentlich müsste sie Sam sogar dankbar sein. Schließlich hatte sie dann die perfekte Ausrede, um nicht mehr helfen zu müssen. Die hat doch sowieso die ganze Zeit nur rumgenörgelt und sich ständig vor der Arbeit gedrückt.«

Ich komme aus dem Bad und sehe Shanti im Schneidersitz auf ihrem Bett sitzen. Sie hat ihre Zöpfe gelöst und guckt mich erwartungsvoll an.

»Und?«, fragt sie. »Wie findest du das?«

»Sieht ganz anders aus, aber total gut, ehrlich! Du solltest sie öfter mal offen tragen.« Shantis blondes Haar fällt in weichen Wellen bis auf ihre Schultern. »Du wirkst jetzt irgendwie ... älter. Aber deine Zöpfe gefallen mir auch. Du kannst beides tragen.«

»Echt? Danke! Ich bin mal gespannt, was die anderen dazu sagen.«

Was *die anderen* sagen, ist so nicht ganz richtig, aber ich schweige taktvoll. Shanti ist an Lennarts Meinung interessiert, aber das muss ich ihr jetzt nicht noch extra unter die Nase reiben.

»Dein Handy hat übrigens gebrummt, als du unter der Dusche warst, zweimal.«

Eine Nachricht ist von Clemens, die andere von Kira. Mit Kira habe ich vor einer Viertelstunde erst telefoniert, bevor ich unter die Dusche gegangen bin. Normalerweise verbringen wir die Samstage, sooft es geht, gemeinsam. Wir gehen schwimmen, treffen uns in der Villa, fahren mit den Rädern zum Kanal. Heute war Kira mit Luca und Noah allein unterwegs. Ich habe echt ein schlechtes Gewissen, weil ich so gut wie gar nicht an sie gedacht habe. Hier hat aber auch mal wieder der Bär getobt! Erst Sir James' Entführung und anschließend die Geheimgangaktion – und dann auch noch die Malerarbeiten. Zwischendurch habe ich mich um Graf Dracula gekümmert, dem es wieder ein bisschen besser geht. Dabei bin ich natürlich prompt auf Herrn Naunheim getroffen. Er hat mich eine ganze Weile ganz komisch von der Seite her angesehen. Und dann hat er gesagt: »Der Geheimgang da unten ist nicht ohne. Wenn man sich dort verläuft, kann das sehr gefährlich werden.«

»Das kann ich mir gut vorstellen«, habe ich geantwortet und versucht, ganz gelassen zu wirken. Und dann konnte ich es doch nicht lassen und habe ihn gefragt, ob es eine unterirdische Verbindung zum Festland gibt.

»Es gab mal eine«, hat Herr Naunheim daraufhin erzählt, »aber das ist schon sehr lange her. Sie wurde zugemauert. Es wäre lebensgefährlich zu versuchen, die Mauer irgendwie zu umgehen. Versprich mir, dass du es nicht versuchen wirst. Du solltest noch nicht einmal daran denken! Der Rhein fließt darüber hinweg, Mädchen. Und die Erde ist nicht mehr das, was sie mal war. Ein Riss und dann …«

Herrn Naunheim dieses Versprechen zu geben, ist mir leichtgefallen. Ich habe nicht das geringste Interesse daran, unterirdisch zum Festland zu gelangen. Wir finden sicher auch andere Wege über den Rhein. Was die MCG-ler können, können wir auch! Vor allen Dingen müssen wir jetzt erst mal Sir James wieder rüber auf die Insel holen. Ich gehe ja mal stark davon aus, dass sie sich da drüben vernünftig um den armen Kerl kümmern. Dass sie ihm etwas antun, traue ich ihnen nicht zu.

Echt schade, dass Kira nicht hier ist. Mit ihr gemeinsam würde es mir noch besser auf Rosenwerth gefallen. Ich setze mich auf mein Bett, dann öffne ich Kiras Nachricht, die sie vor ungefähr zehn Minuten geschrieben hat.

Bernstein? Hört sich eher an wie Alcatraz da bei euch. Als Strafarbeit ein Haus anstreichen, wo gibt es denn so was? Voll krass! Ein Zeichen von dir genügt und wir holen dich da raus, versprochen!

Vielleicht habe ich vorhin doch ein bisschen mit dem Rumjammern übertrieben, als ich mit Kira gesprochen habe. Aber da war ich wegen der ganzen Anstrengung gerade mehr als fertig. Alcatraz ist eine Mini-Insel vor San Francisco, auf der früher Schwerverbrecher weggesperrt wurden. Eine Flucht war unmöglich. Das weiß ich, weil ich mit Kira mal einen Film darüber gesehen habe.

Die Insel hier ist nicht ganz so gut gesichert. Ein großes Segelboot für uns alle reicht ☺, antworte ich, dann checke ich Clemens' Nachricht.

Ich vermisse euch auch! Pläne gefunden. Geheimgang geht rüber zum Festland. Aber nicht Theo verraten, der tickt sonst total aus! Clemens

Wissen wir aber schon ☺, antworte ich schnell. *Wir waren heute unten, voll gruselig! Gibt viel zu erzählen. Lennart ist da, mussten Bootshaus streichen, Carla mal wieder ausgetickt – hmpf! Eine spinnt immer …*

LOL, schreibt Clemens zurück.

Ja, war urkomisch! Müssen jetzt zum Essen, weitere Infos gibt's morgen!

Da Kira noch nicht geantwortet hat, schicke ich schnell noch ein *Hab dich lieb!* zu ihr auf die Reise, dann schaue ich zu Shanti, die sich gerade eingehend im Spiegel betrachtet. Sie wirkt wirklich ganz anders mit den offenen Haaren. »Du könntest auch mal einen Seitenscheitel versuchen«, schlage ich vor. »Das würde dir bestimmt auch gut stehen.«

Shanti wuschelt mit den Fingern in ihren Haaren herum. Dann begutachtet sie mich auf einmal. »Ach nein, dann denken alle, ich mach dir das nach. Außerdem ... deine Haare sind so schön lockig. Und die Farbe ist total stark. In der Sonne funkeln deine Strähnen wie Kupfer.«

»Ja, aber dafür fallen sie mir ständig ins Gesicht. Das ist voll nervig.«

»Und wenn du eine Haarspange nimmst und sie vorn aus dem Gesicht steckst?«

»Das erinnert mich an die Frisur, die ich bei der Einschulung hatte. Da gibt es so ein gruseliges Foto von mir mit pinkfarbener Haarspange, passend zu meiner Schultüte.«

»Dann mach du dir doch heute zwei Zöpfe. Wir tauschen sozusagen die Rollen, natürlich nur frisurentechnisch.«

Shanti kann gucken wie ein krankes Reh. Oder wie Kiras alter Hund, Madame Butterfly. Ich seufze, dann greife ich nach den beiden Haargummis, die sie mir hinhält. Meine Haare fallen fast bis auf die Schultern – wenn

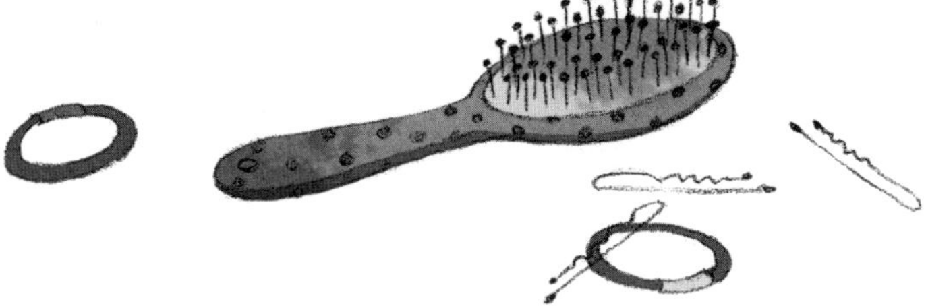

sie nass sind. Im trockenen Zustand kringeln und springen sie wild durcheinander und sind nur noch ungefähr kinnlang. Aber für zwei kleine Zöpfe müsste es reichen. Ich gehe ins Bad und fummle mir vor dem Spiegel die Gummis ins Haar. Unfassbar, dass ich Shanti zuliebe heute tatsächlich mit Zöpfchen durch die Gegend renne. Wenn das Kira sehen würde! »Zufrieden?«, frage ich, als ich zurück ins Zimmer komme.

Shanti setzt ihr breites Honigkuchengrinsen auf und nickt.

Es sind schon fast alle da, als Shanti und ich zum Abendessen ins Wohnzimmer kommen.

»Wow!« Miu kommt strahlend auf uns zu. »Ihr seht ja toll aus. Die offenen Haare stehen dir total gut, Shanti. Und du wirkst jetzt noch frecher, Paulina.«

Auch Larissa ist begeistert. Fleur und Xenia gucken uns nur kurz an, dann senken sie ihre Köpfe, sodass ihre großen krummen Zinken fast zusammenstoßen, und tuscheln. Dann schaut Fleur auf und sagt: »Süß, Shanti und Paulina haben die Frisuren getauscht. Der Pippi Langstrumpf-Look passt zu dir, Paulina. Fehlen nur noch die Ringelstrümpfe.«

Mir fällt die Stinkbombe wieder ein und dass wir sie den beiden Lästerbacken bei passender Gelegenheit doch noch zukommen lassen sollten. Aber ich antworte nicht auf den blöden Kommentar, sondern erkundige mich stattdessen bei Miu und Larissa, wie es ihnen geht. Miu ist zwar die kleinste und zierlichste von uns, aber sie hat Biss. Immer wenn wir eine Pause beim Anstreichen gemacht haben, hat sie uns ermuntert: »Jetzt nicht schlapp machen! Keine Müdigkeit vorschützen!« Die arme Larissa hat mir richtig leidgetan. Sie hat direkt neben Miu gearbeitet, die sie ständig angetrieben hat.

»Mir geht's total gut«, sagt Miu prompt. »Das hat richtig Spaß gemacht vorhin. Ich hätte noch stundenlang weiterstreichen können.« Sie strahlt uns an, dreht sich dann zu Larissa. »Stimmt doch, oder?«

Larissa lacht und hebt ihre Arme in die Luft. »Ich kann mir nichts Schöneres vorstellen, Miu – außer vielleicht eine mehrstündige Massage meiner Arme. Und mein Rücken könnte auch eine Behandlung gebrauchen.«

»Ich würde das ja übernehmen«, sagt Shanti, »aber ich kann meine Hände gar nicht mehr spüren.«

»Vielleicht hast du ja nicht richtig gestrichen«, necke ich Miu. »Mir tut nämlich auch alles weh.«

Miu schüttelt den Kopf. »Mir auch, aber ich jammere deswegen nicht. Und außerdem ... müde macht uns nur die Aussicht auf die Arbeit, die vor uns liegt, nicht die, die wir tun.«

»Aha, und wer sagt das?«

»Mein Opa! Der sagt außerdem immer ...« Miu kommt nicht mehr dazu weiterzuerzählen. Lizzy und Nina treten in den Raum und hinter ihnen Tim und Prince, Hendrik und zwei Mädchen, die ich noch nicht kenne. Sie sind voll beladen mit großen Weidenkörben.

»Mädels, darf ich vorstellen«, sagt Lizzy, »dies hier ist das offizielle Empfangskomitee für euch. Oder um es anders auszudrücken: Hier sind die Freiwilligen, die euch heute zu einem großen Begrüßungsgrillabend mit Lagerfeuer und allem Drum und Dran einladen. Eure Jungs aus England und die Schüler aus der anderen Siebten sind auch dabei. Wir treffen uns gleich mit ihnen unten am Grillplatz.«

Augenblicklich bricht Jubel in unserer Mädchengruppe aus. Alle sind total begeistert. Ich klatsche auch mit. Dabei bleiben meine Augen mal wieder an Prince hängen. Als er zu mir rübersieht, schaue ich schnell weg.

Deswegen ist er nicht nach Hause gefahren! Und ich dachte, er sei unfreiwillig hiergeblieben, weil seine Eltern keine Zeit haben oder er mit ihnen Stress hat. Das düstere Gedicht hat sich auf jeden Fall nach Problemen angehört. Aber vielleicht bilde ich mir das alles auch nur ein. Momentan sieht Prince nämlich ganz zufrieden aus. Er stellt seinen Korb auf dem Tisch ab, dann klopft er Hendrik auf die Schulter. »Das hier ist der beste Grillmeister der Welt! Ich hoffe, ihr habt ordentlich Kohldampf.«

Der beste Grillmeister der Welt ist ganz sicher mein Opa. Bei uns in Bottrop wird manchmal sogar im Winter der Grill angeschmissen. Dann stehen wir in dicken Jacken, Pudelmützen und Handschuhen im Garten und freuen uns wie Hulle, wenn Opa die ersten Grillwürstchen auf den Rost schmeißt. Die schmecken irgendwie noch besser, wenn es draußen eiskalt ist. Aber eine Grillfeier ist jetzt wirklich eine tolle Idee. Und dass Hendrik dabei hilft, finde ich ganz in Ordnung, auch wenn ich ihn nicht ausstehen kann. Ob er sich wirklich die Haare braun färbt?

Die beiden Mädchen vom »Empfangskomitee« heißen Leonie und Fiona. Sie sehen total nett aus. Fiona erinnert mich ein bisschen an Kira, sie hat ähnlich langes, glänzendes schwarzes Haar. Und sie wird gerade misstrauisch von Fleur begutachtet, die sie bestimmt schon als Konkurrentin einstuft. Leonie ist etwas kräftiger gebaut. Sie hat kurzes braunes Haar und auf ihrer Nase sitzt eine riesige Brille, ähnlich der von Shanti.

»Wir haben leckere Salate, Brot, Würstchen, alles, was das Herz begehrt«, sagt sie lächelnd.

»Gibt's auch was ohne Fleisch?«, fragt Shanti.

»Klar«, sagt Leonie, »hier gibt's immer ein paar Veggies, so wie mich, deswegen haben wir auch Gemüsespieße und Tofuwurst im Gepäck.«

Tofuwurst? Klingt ja spannend! Bei uns zu Hause landen meistens Opas geniale Mettwürstchen und kross gegrillter Schweinebauch auf dem Teller. Und natürlich Mutschs weltbeste Hähnchenbollen. Aber das sage ich Shanti jetzt lieber nicht. Die hat nämlich wieder ihr Honigkuchengrinsen aufgesetzt, das ganz hervorragend zu ihrem heutigen Tagesmotto auf ihrem T-Shirt passt: *Smile!*

Die Jungs sind schon da, als wir am Grillplatz eintrudeln. Alle bis auf einen. Während Sam und Lennart Holzscheite und Äste in die Mitte der Feuerstelle häufen, pustet Jakob mit roten Wangen in einen Haufen Kohle auf einem großen Schwenkgrill, sodass kleine Funken umherwirbeln.

»Wo ist denn Theo?«, frage ich in die Runde.

Sam platziert dürre Äste über die dicken Holzscheite und betrachtet fachmännisch sein Werk. »Das dürfte reichen.«

Die Jungs sind so sehr damit beschäftigt, den perfekten Holzhaufen für das Lagerfeuer zu errichten, dass keiner von ihnen auf meine Frage reagiert.

»Hallo? Wo Theo ist, habe ich gefragt!«

Lennart hebt den erhitzten Kopf. »Ach, da seid ihr ja.« Eine Antwort gibt er mir allerdings nicht.

»Sam, wo ist Theo?«, fragt Shanti.

»Keine Ahnung, der wollte noch mal kurz irgendwohin, ins Schloss, glaube ich.«

Ins Schloss? Ich vermute mal, dass er genauer gesagt in der Bibliothek steckt, um nach dem geheimen Buch mit den Schülerstreichen zu suchen. »Ich sehe mal nach, wo er bleibt ...«, sage ich und mache mich auf den Weg zurück durch den Park.

Das Schloss sieht wunderschön romantisch aus in der Abendsonne. Unzählige Rosen umranken die hölzerne Eingangstür an den weiß getünchten Wänden. Die Kieselsteine knirschen unter meinen Füßen, ein paar übermütige Vögel zwitschern fröhlich um die Wette. Das Schlossgelände ist wie ausgestorben – außer mir scheint im Moment niemand hier unterwegs zu sein. Ich laufe die breite Steintreppe hinauf und drücke die schwere Tür auf. Meine Schritte klingen ungewöhnlich laut auf dem dunklen Granitfußboden, obwohl ich nur Sneaker mit weichen Sohlen trage. Es ist komisch, so ganz allein durch die Gänge zu wandern. Unter der Woche schieben sich hier Schülermassen durch. Es ist nicht so, dass ich Angst habe, aber irgendwie fühle ich mich beobachtet. Ich bleibe stehen und drehe mich unsicher um, aber ich kann niemanden entdecken – außer Lady Rosalyn, die mich übergroß von einem Ölgemälde aus anzulächeln scheint.

Bisher habe ich mir das Porträt noch gar nicht weiter

angeschaut, aber jetzt bleibt mein Blick fasziniert daran hängen. Es gibt wirklich eine gewisse Ähnlichkeit zwischen Clemens und der Internatsgründerin! Die gleichen blonden Haare, die feinen Gesichtszüge und die sanften Augen, mit denen sie jetzt unheimlich freundlich und verständnisvoll auf mich hinunterblickt.

»Hallo, ich bin Paulina«, sage ich ehrfurchtsvoll, »Paulina Pempelfurt.«

»Und ich bin Lady Rosalyns Geist«, säuselt eine liebliche Stimme zurück. Ich zucke erschrocken zusammen und möchte reflexartig die Beine in die Hand nehmen, aber irgendwie kommt mir die Stimme bekannt vor.

Ich drehe mich nach allen Seiten um. »Schneckenpisspocke«, sage ich laut, »wo steckst du?«

»Hier!« Das Bild wird wie von Geisterhand zur Seite geschoben und eine Menschenhand schießt heraus und greift nach mir.

Ich fahre zurück und mein Herzschlag setzt einen Moment lang aus. Als jemand laut auflacht, reiße ich die Tür auf, die sich neben dem Gemälde befindet, und entdecke Theo, der sich vor lauter Lachen gar nicht mehr einkriegt.

»Theo, du Doofmann! Das war gar nicht lustig! Ich hätte draufgehen können, du Idiot! Plötzliches Herzversagen oder so.« Ich bin richtig sauer.

»Du hättest mal dein Gesicht sehen sollen ...« Theo reibt sich Lachtränen aus den Augen. »Du hast geguckt wie ein Auto.«

»Haha, sehr komisch!« Ich werfe Theo noch immer böse Blicke zu. Erst da fällt mir auf, wohin die Tür geführt hat: der schöne Kronleuchter mit den Kristallkugeln, der Hirsch an der Wand … Wir sind in der Bibliothek, wo ich ja eigentlich auch auf anderem Wege hinwollte.

Theo zeigt auf die rückwärtige Wand, in der sich eine kellerfenstergroße Öffnung befindet. »Das war wohl früher mal so 'ne Art erhöhte Durchreiche. Wundert mich, dass sie sie nicht zugemauert, sondern einfach nur von beiden Seiten ein Bild darüber gehängt haben.«

Neugierig trete ich näher an die Öffnung heran, durch den Spalt fällt Licht vom Flur herein. Theo hat das Bild davor abgehängt.

»Im ganzen Schloss sind irgendwelche Verstecke. Bestimmt gibt es hier eine ganze Menge Geheimnisse zu entdecken. Aber das Buch habe ich bisher nicht finden können.«

Ich zeige auf das Wandgemälde gegenüber. »*Dwalin* passt darauf auf, hat Prince gesagt.«

»Da ist nix, ich habe die ganze Wand abgesucht. Keine Buchattrappe, kein zweiter Boden oder so.«

Der Hirsch sieht wirklich toll aus. Majestätisch hebt er den Kopf in die Luft und präsentiert sein riesiges Geweih. Er sieht fast so aus, als wäre er lebendig.

Ich gehe zu ihm, strecke mich und lege meine Hand auf seine Flanke. Die Wand fühlt sich kühl und glatt an.

»Na du«, flüstere ich, »verrätst du mir, wo du hinschaust?«

Dwalin sieht an mir vorbei in den Nebenraum, in dem bis oben hin in mehreren Reihen voll bepackte Bücherregale stehen. Das sind bestimmt Abertausende gedruckter Werke. Wenn das versteckte Buch wirklich darunter ist, finden wir es nie.

»Das muss noch etwas präziser gehen, mein Guter.« Ich folge noch einmal genau Dwalins Blickrichtung und dann bemerke ich es. »Theo, der Hirsch schaut genau zwischen zwei Regalen hindurch ... bis zur Wand dahinter!« Aufgeregt laufen wir zu der Stelle hin, die nicht ganz so glatt verputzt ist wie die anderen Wände in der Bibliothek. Sie wurde gemauert, ähnlich der Absperrung unten im Geheimgang.

Theo drückt und zieht sofort an den einzelnen Steinen herum. »Vielleicht lässt sich ja einer rausnehmen oder irgendwie reinschieben«, vermutet er.

Ich drehe mich noch einmal zu Dwalin um. Fast habe ich das Gefühl, er lächelt mich an. Da bemerke ich, dass die große Bodenfliese unter meinem rechten Fuß ein bisschen wackelt. »Es ist nicht in der Wand, es ist hier im Boden!«

Gemeinsam heben wir die lose Platte hoch und sehen auf einen ledernen Buchdeckel mit dem Schriftzug *Bernstein* herab. Wir grinsen uns an und klatschen uns ab. Dann hole ich vorsichtig das dicke Buch heraus.

»Ihr dürft nur reingucken, es aber nicht mitnehmen!«, ertönt es da von der Tür her.

Vor Schreck lasse ich das gute Stück fast fallen und unsere Köpfe schnellen herum. Prince hat aber auch wirklich die verdammt blöde Angewohnheit, immer dann aufzutauchen, wenn man gar nicht mit ihm rechnet.

»Ich habe mir schon gedacht, dass ihr es finden werdet, nachdem ich euch von Dwalin erzählt habe.« Schnurstracks kommt er auf uns zu.

Theo streicht ehrfurchtsvoll über den geschwungenen Schriftzug. »Alles klar, wir bleiben damit in der Bibliothek.«

»Ihr müsst mir versprechen, das Ganze für euch zu behalten«, sagt Prince und fixiert uns mit seinen dunklen Augen.

»Was meinst du damit?«, hakt Theo nach. »Dass wir

unseren Freunden nichts davon erzählen dürfen? Die wissen doch sowieso schon Bescheid.«

»Ihr seid ein Team, wenn ihr ihnen vertrauen könnt, spricht eigentlich nichts dagegen. Es wäre nur doof, wenn ganz Bernstein auf einmal hinter dem Buch her wäre.«

»Unseren Freunden können wir auf jeden Fall vertrauen«, sage ich bestimmt und Theo nickt bekräftigend. »Am besten kommen wir morgen früh wieder, dann können wir ganz in Ruhe darin lesen. Wenn wir jetzt zu lange wegbleiben, suchen die uns bestimmt bald.«

»Na gut.« Theo wirft noch einen sehnsuchtsvollen letzten Blick auf das schwere Buch, bevor wir es wieder im Boden verschwinden und die Fliese zuschnappen lassen. Dann machen wir uns auf den Weg nach draußen. Als wir an Lady Rosalyns Gemälde vorbeikommen, boxe ich Theo in die Seite.

»Ach komm schon, der war doch gut«, kichert er.

»Wer denn?«, fragt Prince und guckt uns beide neugierig an.

»Ach nix«, antworte ich schnell und Theo lacht schon wieder.

Als wir die breite Steintreppe nach draußen hinuntergehen, läuft Theo vorneweg. Er scheint es auf einmal verdammt eilig zu haben, wieder zum Grillplatz zu gelangen. Das kommt bestimmt daher, dass der Duft von Grillwürstchen in der Luft liegt.

Ich bemerke einen Seitenblick von Prince.

»Die Zöpfe stehen dir gut«, sagt er leise.

Hä? Was war das denn? Der flirtet doch nicht etwa mit mir! Ungläubig starre ich ihn an und stolpere prompt über die letzte Stufe.

Prince greift nach meinem Arm, den ich aber sofort abschüttele. »Geht schon!«, sage ich ärgerlich.

Die Stelle, an der Prince meinen Arm berührt hat, brennt wie Feuer. Ich bin mir sicher, dass der Abdruck seiner Finger meine Haut versengt hat. Skeptisch linse ich auf meinen Arm, aber er sieht aus wie immer.

»Mal sehen, wie weit die anderen schon sind«, sagt Prince gut gelaunt, so als wäre eben nichts passiert. »Ich habe einen Bärenhunger!«

»Und ich erst!« Theo wartet nun doch, bis Prince aufgeschlossen hat, und ruft mir dann zu: »Was stehst du wie angewurzelt herum, Pempelfurz? Hast du schon wieder einen Geist gesehen?«

Wie bitte, ausgerechnet Fleur?

»Das war echt 'ne schöne Grillfeier!« Ich gähne herzhaft und kuschele mich in meine Decke. »Hoffentlich können wir morgen mal ausschlafen. Schließlich ist Sonntag. Was meinst du, sollen wir heute auch mal Fenster und Rollo schließen?«

»Ich schlafe besser bei frischer Luft. Aber ich kann dir meine Schlafbrille leihen, wenn du magst.« Shanti kramt in ihrer Stofftasche, die sie unter dem Bett hervorgezogen hat. Ihr Haar hat sie wieder zu zwei Zöpfen geflochten.

»Du hast echt eine Schlafbrille?«, frage ich erstaunt.

»Ja, die hat meine Mutter mir genäht. Sie ist ganz weich und bequem, aber ich mag es, wenn die ersten Sonnenstrahlen durchs Fenster scheinen. Da fällt mir das Aufwachen leichter. Willst du sie haben?«

»Ich würde sie gern ausprobieren. Ich muss nämlich echt mal 'ne Nacht durchschlafen.«

»Ich hab auch Ohrstöpsel.« Shanti kramt wieder in ihrer Tasche. »Den Sechserpack hat meine Mutter noch besorgt.«

Neugierig setze ich mich im Bett auf und greife nach den kleinen bunten Schaumstoffpfropfen, die Shanti mir hinhält.

»Woran deine Mutter so alles denkt«, sage ich und drücke eins der Ohrdinger mit zwei Fingern zusammen.

»Bei uns zu Hause war es oft ganz schön laut. Wenn meine Mutter ihre Freundinnen dahatte, haben sie gern bis spät in die Nacht gesungen und getanzt. Da waren Ohrstöpsel ein Muss.«

»Du musst vor dem Reinstecken dein Ohr etwas hochziehen, das streckt den Gehörgang«, erklärt Shanti fachmännisch.

»Ach so.« Ich stecke mir die Dinger nach ihrer Anweisung in die Ohren.

»Und jetzt die hier.« Shanti reicht mir die rote Samtbrille und ich fühle mich gleich wunderbar losgelöst.

»Cool! Es ist ganz dunkel jetzt. Sag mal bitte was, Shanti.«

»Hallo, Paulina!«

»Ich höre dich immer noch, aber nur ganz leise und dumpf. Sag mal …« Ich nehme die Brille wieder ab und ziehe mir die Stöpsel aus den Ohren. »Meinst du, du kannst mich morgen so gegen zehn wecken? Dann kann ich noch in Ruhe frühstücken. Um elf wollten wir uns ja dann alle in der Bibliothek treffen.«

»Was machen wir da eigentlich?«, fragt Shanti und streckt sich unter ihrer Decke aus.

»Das erzähl ich dir morgen. Was haben eigentlich die anderen zu deinen offenen Haaren gesagt?«

»Den Mädels hat es allen gut gefallen. Und ausgerechnet Dario fand es komischerweise auch klasse, zumindest ist es ihm aufgefallen. Die anderen Jungs haben nichts dazu gesagt.«

»Lennart auch nicht?« Mist, das ist mir so rausgerutscht. Am liebsten würde ich die Frage wieder zurücknehmen.

Shanti schüttelt den Kopf. »Er interessiert sich nicht für mich, sonst hätte er garantiert was zu meiner Veränderung gesagt.«

Siedend heiß schießt mir Prince' Kommentar in den Kopf. *Ihm* sind meine Zöpfe aufgefallen und er hat mich sogar darauf angesprochen. Aber den Gedanken schiebe ich ganz schnell wieder von mir weg. Auch dass Dario vielleicht auf Shanti steht, wenn ihre Theorie wahr ist, behalte ich lieber für mich. Das würde sie nämlich gar nicht gern hören.

»Was ist?«, fragt sie. »Warum grinst du so?«

»Weil ich glaube, dass es nichts bedeutet, dass Lennart keinen Spruch abgelassen hat. Wir wissen doch gar nicht, ob es ihm aufgefallen ist. Und schon gar nicht, ob es ihm nicht doch gefällt. Vielleicht hat er sich einfach nicht getraut, etwas zu sagen. Jedenfalls hat er dich ein paarmal ganz intensiv angeguckt, wenn du es nicht bemerkt hast. Das habe ich mit tausendprozentiger Sicherheit gesehen.«

»Echt?«

»Ja, klar!« Das ist nicht mal gelogen. Ich habe Lennart wirklich das ein oder andere Mal dabei ertappt, wie sein Blick an Shanti festhing.

»Trotzdem solltest du dich so frisieren, wie es dir gefällt. Du machst doch dein Outfit sonst auch nicht von anderen abhängig. Und von Jungs sollten wir uns schon mal gar nicht beeinflussen lassen. Ganz ehrlich, Shanti, du siehst echt toll aus. Und das sage ich jetzt nicht nur, weil du meine Freundin bist.«

Schwupp, da ist es wieder, das Honigkuchengrinsen. »Du hast ja recht«, sagt Shanti. »Aber nachts ist das mit den Zöpfen einfach praktischer. Dann schwitze ich nicht so.«

»Da ist was dran!« Ich ziehe an einem meiner Zöpfe. »Dann machen wir heute Nacht mal einen auf Partnerlook! Na ja, von der schicken Schlafbrille mal ganz abgesehen.«

Shanti murmelt noch irgendwas, aber das höre ich schon gar nicht mehr. Die Ohrstöpsel tun ihren Dienst. Hundemüde sinke ich in einen tiefen Schlaf.

So ausgeruht habe ich mich schon lange nicht mehr gefühlt. Ich wache ganz von allein auf und schiebe die Schlafbrille zur Seite. Es ist kurz vor halb zehn. Shantis Bett ist leer. Die Badezimmertür steht offen, da scheint sie also auch nicht zu sein. Ich recke und strecke mich, dann pule ich mir den Gehörschutz aus den Ohren. Und werde sofort von einem Vogelkonzert mit Frosch-Tenor-Einlage begrüßt. Die Sonne scheint auch schon fröhlich herein. Wenn das mal kein schöner Tagesbeginn ist!

Ich springe schnell unter die Dusche, ziehe mich an, dann mache ich mich auf den Weg in die Kantine, nicht ohne Shanti vorher noch einen Zettel hinterlassen zu haben, falls wir uns verpassen. Ich schlendere gut gelaunt durch Europa und lasse mich sogar zu einem Lächeln hinreißen, als ich auf dem Weg zur Kantine auf Prince treffe. Immerhin hat er uns jetzt schon ein paarmal geholfen und ich will wirklich nicht nachtragend sein. Vielleicht ist er ja sogar ganz nett. Immerhin wurde ihm das Geheimversteck für das Buch anvertraut. Und das will schließlich was heißen!

»Guten Morgen!«, sage ich fröhlich, aber Prince hat wieder seinen düsteren Blick drauf und guckt mich unfreundlich an. Was ist denn mit dem auf einmal los?

»Ich habe euch echt vertraut«, sagt er und zieht unwillig die Stirn in Falten. »Und dann das! Sag schon, wo ist es, Paulina?«

»Was denn? Wovon sprichst du?«

»Ach komm, du und dein Kumpel, ihr seid die Einzigen, die außer mir und dem Oberstufler von dem Versteck wussten. Ihr habt mir hoch und heilig versprochen, das Buch nicht mitzunehmen.«

»Wie bitte?«

»Jetzt tu doch nicht so doof. Es ist verschwunden. Und da dein toller Kumpel es angeblich nicht hat, kann es wohl nur bei dir sein. Oder ihr steckt mal wieder alle unter einer Decke. Du solltest dich schleunigst darum bemühen, es wieder zurück an seinen Ort zu bringen, sonst …« Prince starrt mich vorwurfsvoll an.

»Sonst was?« Ich fasse es nicht. Der droht mir tatsächlich, obwohl ich gar nichts mit der Sache zu tun habe! »Jetzt pass mal auf«, blaffe ich ihn an, »du läufst mir am frühen Morgen über den Weg und hast nichts Besseres zu tun, als mich völlig ungerechtfertigt zu beschuldigen! Ich habe das Buch nicht mitgenommen, Prince. Und ich habe niemandem, noch nicht einmal Shanti, davon erzählt. Und wenn Theo sagt, dass er es auch nicht hat, dann stimmt das! Auf ihn kann man sich nämlich verlassen. Und deinen dämlichen anklagenden Blick und deine Drohungen kannst du dir übrigens sparen. Das zieht bei mir nicht. Ich hab nämlich null die Bohne Angst vor dir! Damit kannst du vielleicht Carla und irgendwelche anderen Uschis beeindrucken, aber mich ganz bestimmt nicht!«

Ich kann fühlen, wie sich schlagartig Hitze in meinem Gesicht ausbreitet. Sicher bin ich knallrot. Aber das ist mir egal. Ich schüttele meinen Kopf, weil ich mich über mich selbst ärgere. Wie konnte ich nur so doof sein und denken, Prince wäre vielleicht doch ganz in Ordnung? »Und ich hatte gerade angefangen, dich nett zu finden.« Mit diesen Worten lasse ich ihn stehen und gehe strammen Schrittes auf den Kantineneingang zu.

»Paulina, warte mal!«, ruft Prince mir hinterher, aber das übergehe ich gekonnt.

Die anderen sitzen schon beisammen, vor sich ihre Frühstückstabletts. Als Theo mich sieht, springt er auf. »Paulina, hast du das Buch aus der Bibliothek geholt? Prince war gerade hier und hat voll die Welle gemacht deswegen.«

»Jetzt fängst du auch noch davon an!« Ich werfe Theo einen giftigen Blick zu. »Traust du mir das etwa zu?«

»Nein, äh …«, stottert Theo herum. »Ich frag doch nur, hätte ja sein können, dass du aus irgendeinem Grund …«

Shanti springt für ihn in die Bresche. »Theo hat dich eben total verteidigt, als Prince hier war und nach dem Buch gefragt hat. Er hat beteuert, dass man sich hundertprozentig auf dich verlassen kann.«

»Und warum fragt er mich dann, ob ich das doofe Ding habe?«

Shanti zuckt mit den Schultern.

»Ich war nur so aufgeregt, weil es nicht mehr da ist«, sagt Theo entschuldigend. »Ich hab das nicht so gemeint.«

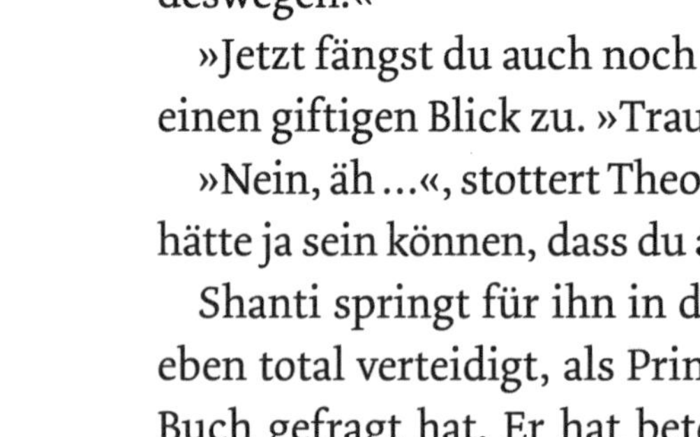

»Okay, jetzt mal langsam«, mischt Larissa sich ein. »Wir gehen jetzt mal davon aus, dass weder Theo noch Paulina das Buch haben. Und die Nummer gerade von Prince sah nicht geschauspielert aus. Das Ding scheint also wirklich weg zu sein. Aber wer kann es geklaut haben? Wer wusste noch von dem Versteck? Mir habt ihr jedenfalls nichts davon erzählt.«

»Mir auch nicht!«, ertönt es ringsum.

»Wir wollten es euch beim Frühstück erzählen und dann zusammen mit euch in die Bibliothek gehen«, sage ich und werfe Theo einen fragenden Blick zu.

»Ich habe es keinem gesagt«, wehrt er gleich ab. »Es sei denn, ich habe im Schlaf gesprochen.«

Lennart schüttelt den Kopf. »Hast du nicht, Alter, du hast nur ein bisschen rumgeschnarcht, wie immer.«

»Wo ist das Versteck denn?«, fragt Miu. »Vielleicht hat Prince ja nicht richtig nachgesehen.«

Ich verziehe das Gesicht und schüttele den Kopf. Ich kann mir kaum vorstellen, dass Prince das Buch übersehen hat, es passte schließlich genau in das Loch unter der Bodenfliese.

»Da hilft nur eins«, sagt Sam. »Wir sollten gleich mal selbst nachsehen.«

»Leer« sagt Theo wenig später und vergräbt seine Hände in den Hosentaschen. »Ist ja ein Ding!«

Ratlos schauen wir in die Vertiefung im Boden.

»Irgendjemand muss noch davon gewusst haben«,

sagt Larissa. »Hat Clemens nicht erzählt, dass einer aus der Oberstufe das Versteck an einen Schüler der Mittelstufe weitergibt?«

Sam nickt. »Und vielleicht hat der eben nicht dichtgehalten.«

»Aber es ist doch komisch, dass es ausgerechnet jetzt verschwunden ist«, gebe ich zu bedenken und knie mich neben die Öffnung im Boden, um nachzuschauen, ob das Buch nicht vielleicht doch einfach nur verrutscht ist, weil das Loch letztlich tiefer ist, als wir gedacht haben. Aber das ist nicht der Fall. Ich will gerade wieder aufstehen, da fällt mir auf, dass unter der gelösten Bodenfliese etwas hervorlugt. Es ist bräunlich und flauschig und erinnert mich an …

»Sir James!«, kommt Shanti mir zuvor und ich nicke zustimmend.

»Ist ja der Hammer, der arme Kerl!«, seufzt Sam. »Und alles nur wegen mir.«

»Wieso? Was ist denn? Zeigt doch mal!« Miu drängelt sich nach vorn. »Tatsächlich!«

Jemand hat auf die Rückseite der Fliese mit breitem, durchsichtigem Klebeband ein paar Federn von Sir James geklebt. Und dann hat er auch noch die Frechheit besessen, mit weißer Kreide groß und fett *Danke* dazuzuschreiben.

»Sieht ganz nach den MCGlern aus, meint ihr nicht auch?«, fragt Lennart. »Die müssen heute noch mal hier im Schloss gewesen sein.«

»Das glaub ich irgendwie nicht«, sagt Theo. »Woher sollen die denn wissen, wo das Buch versteckt ist? Das sieht eher nach einem Maulwurf aus. Vielleicht ist euch gestern Abend ja jemand in die Bibliothek gefolgt? Könnte doch sein.«

»Ein echter Maulwurf?«, fragt Miu mit großen Augen.

»Ein Verräter in eigenen Reihen«, erklärt Sam. »Irgendjemand, der mit denen vom Festland zusammenarbeitet.«

»Das klingt mir am wahrscheinlichsten.« Larissa ist in ihrem Element. »Wir sollten unbedingt eine Liste aller Schüler anfertigen, die das Wochenende über auf der Insel waren. Unsere Klasse ist hier, Prince und die anderen Freiwilligen – und dann die Parallelklasse. Die kennst du am besten, Sam. Was meinst du? Traust du einem davon so was zu?«

Sam überlegt. »Da sind zwei Heimschläfer dabei. Die sind eigentlich ganz nett. Aber man weiß ja nie ...«

»Heimschläfer?«, frage ich. »Du meinst, die kommen drüben aus dem Dorf und fahren nach dem Unterricht immer nach Hause?«

»Ja, aber dieses Wochenende sind beide hier gewesen. Ich habe sie gestern beim Grillfest gesehen.«

Über die Parallelklasse habe ich mir noch keine

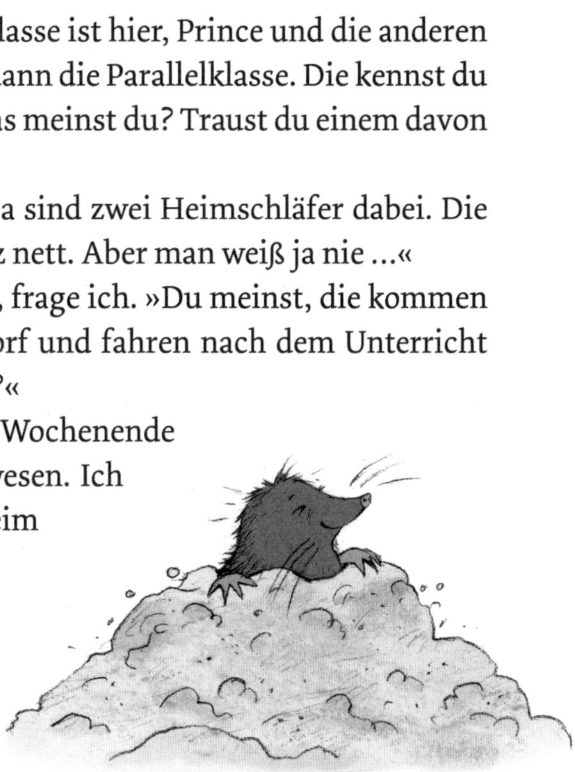

Maulwurf = Verräter?

großen Gedanken gemacht. Bisher habe ich nur ein paar von ihnen flüchtig kennengelernt. Ich war einfach viel zu beschäftigt mit den Jungs und Mädels unserer Klasse.

»Dann sollten wir die beiden mal schleunigst unter die Lupe nehmen«, sage ich.

Als wir wieder nach draußen gehen, kommt Prince uns auf der Schlosstreppe entgegen.

»Hey, Prince, du hättest dir mal die Unterseite der Bodenfliese ansehen sollen, bevor du Paulina und mich beschuldigst«, sagt Theo in vorwurfsvollem Ton. »So wie es aussieht, waren da entweder die MCGler am Werk – oder einer hier von der Insel, der mit denen gemeinsame Sache macht.«

»Ja, Mann, das tut mir echt leid. Ich glaub ja mitt-

lerweile auch, dass ihr es nicht gewesen seid. Aber was sollte ich denn denken? Gestern habe ich euch beide mit dem Buch in Händen erwischt und heute ist es auf einmal verschwunden.«

Vielleicht sollte Prince überhaupt nicht denken, wenn sowieso nur so ein Mist dabei rauskommt. Aber das sage ich nicht. Stattdessen schaue ich angestrengt auf meine Fußspitzen. Ich hätte mein Schweigegelübde nicht brechen dürfen, das habe ich jetzt davon.

»Na ja, das wäre mir wohl ähnlich gegangen«, sagt Theo und zuckt mit den Schultern, so als wäre das gar nicht so wichtig.

Das gibt es ja wohl nicht! Theo knickt tatsächlich ein. Jetzt kann ich meinen Mund doch nicht halten.

»Mir nicht!«, fährt es aus mir heraus. »Ich hätte nie einfach so irgendjemand völlig ungerechtfertigt beschuldigt. Wir haben dir ein Versprechen gegeben!«

»Wie gesagt, es tut mir wirklich leid.« Prince sieht ziemlich zerknirscht aus. Den doofen Dackelblick kann er sich sparen. Der zieht bei mir nicht.

Taktisch klug lenkt er jetzt vom Thema ab. »Und der Hinweis befindet sich tatsächlich auf der Bodenplatte?«, fragt er Theo. »Das ist mir echt nicht aufgefallen.«

Die Federn habe ich entdeckt, nicht Theo! Und ich war es auch, die gestern das Versteck gefunden hat. Ohne mich hätte Theo das niemals hinbekommen. Aber das zählt anscheinend nicht. Meine Lust, die ganze Sache aufzuklären, wird gerade ordentlich gebremst.

»Komm mit in die Bibliothek, dann zeigen wir es dir«, sagt Theo zu Prince.

»Macht mal, wenn ihr nix Besseres zu tun habt«, sage ich. »Ich muss jetzt erst einmal frühstücken.« Ich drehe mich um und lasse die anderen einfach stehen. Wenn Kira jetzt hier wäre, würde es mir eindeutig besser gehen. Ich greife nach meinem Handy und schaue auf das Display. Sie hat mir noch immer nicht geantwortet. Sie ist sicher schon wach, weil ihre Mutter sie spätestens um halb neun weckt, auch sonntags.

SOS, tippe ich in die Tasten und schicke die Nachricht nach Bottrop. Wenn Kira das liest, wird sie sich bestimmt sofort bei mir melden.

Bisher hat es mir hier so gut gefallen. Und auf einmal habe ich total schlechte Laune, obwohl ich fröhlich aufgewacht bin. Alles nur wegen Prince. Aber auch dass Theo sich einfach so auf seine Seite geschlagen hat, finde ich total doof. Ich trete ein paar Kieselsteine zur Seite, da höre ich auf einmal Gelächter hinter mir. Shanti, Miu und Larissa kommen hinter mir hergerannt.

»Warte mal, wir kommen mit.« Shanti ist eben eine echte Freundin. Und Larissa und Miu auch.

»Allein frühstücken ist doch doof«, sagt Miu. Sollen die Jungs mal weiter auf Kriegspfad ziehen. Und wir Mädchen kümmern uns in der Zeit um eine der schönsten Angelegenheiten des Lebens: Essen!«

Als wir in die Kantine kommen, sehen wir Xenia. Sie hat anscheinend ganz allein gefrühstückt. Zumindest ist von Fleur weit und breit keine Spur. Sie stellt ihr Tablett ab und geht danach in den Toilettenraum.

»Kommt mit!« Ich gehe hinter Xenia her. »Ein bisschen Spaß muss sein.«

»Was hast du vor?«, flüstert Shanti.

»Und Prince hat echt zu Hendrik gesagt, dass er sich in Fleur verknallt hat?« Ich zwinkere Shanti zu und drehe den Hahn auf, damit es sich so anhört, als würde ich mir gerade die Hände waschen. Eine der Toilettentüren ist abgeschlossen. Xenia, die dahintersitzt, gibt keinen Mucks von sich. Shanti reagiert sofort. Sie weiß genau, worauf ich hinauswill. »Prince hat nicht gemerkt, dass ich in der Nähe war, als er gestern am Lagerfeuer mit Hendrik über Fleur gesprochen hat. Na ja, so direkt hat er das nicht gesagt mit dem Verknalltsein, aber dass er sie total gut findet, weil sie nicht so kindisch ist. Und dass sie sehr gut aussieht.«

»Wie bitte, ausgerechnet Fleur?«, quiekt Miu. »Ich dachte, Prince steht auf dich, Paulina!« Miu ist echt gut, ihr Auftritt klingt echt. »Fleur ist doch total eingebildet. Der Typ leidet absolut an Geschmacksverirrung!«

Larissa hält sich die Hand vor den Mund, um nicht laut loszukichern.

»Was habt ihr denn?«, fragt Miu und jetzt erst verstehe ich. Miu meint das wirklich ernst, sie merkt nicht, dass wir Xenia aufs Glatteis führen wollen.

»So ein Mistkerl!«, maule ich. »Dabei hat er mich gefragt, ob wir uns heute um drei im Bootshaus treffen wollen. Der kann mich mal, aber so was von! Ich geh da nicht hin. Soll er doch allein dort versauern und von Fleur träumen, wenn er sie schon für so toll hält. Ich verstehe gar nicht, was die an den beiden doofen Pissnelken finden. Ich meine, dass Hendrik auf Xenia steht, kann mir ja egal sein, aber Prince ... Das ist echt gemein!«

»Aber Xenia steht doch auf Tim, oder?« Miu bekommt trotz unserer Grimassen wirklich nichts von unserem kleinen Rachefeldzug mit, aber gerade das macht ihn noch besser.

»Tim ist mit Lizzy zusammen, so viel ist schon mal klar. Und an Xenias Stelle würde ich mich lieber nicht mit ihr anlegen.« Shanti zwinkert mir zu. »Aber sag mal, was ist eigentlich mit dem Parfüm, das Prince so gut findet?«

Hä? Jetzt weiß ich nicht, worauf Shanti hinauswill. Diesmal bin ich es, die auf dem Schlauch steht.

»*Boule puante*«, formuliert Shanti mit den Lippen und sagt dann laut: »Du hast das Fläschchen doch extra zwischen die Kanus gestellt, damit du dich schnell noch einduften kannst, kurz bevor Prince kommt. So ein Aufwand und das alles nur für einen Typen wie den.«

»*Buhl* was?«, fragt Miu, und Larissa platzt gleich, weil sie nicht lachen darf und immer noch ihre Hand vor den Mund hält.

»Ein ganz toller Duft, der alle Jungs verrückt macht«,

erkläre ich Miu. »Aber den hole ich mir morgen wieder. Heute bringen mich keine zehn Pferde mehr in die Nähe des Bootshauses. Ich hab echt gedacht, er mag mich. Und jetzt …« Ich ziehe eins der Papiertücher aus der Halterung, schniefe laut und putze mir dann die Nase.

»Du Arme, du bist ja total fertig«, sagt Shanti mitfühlend. »Komm, wir holen uns was vom Büfett und gehen ein bisschen an die frische Luft.«

»Was ist los? Warum kichert ihr die ganze Zeit so?«, fragt Miu wenig später und ihre Blicke schießen zwischen uns hin und her.

»Weil Prince nicht wirklich mit Paulina verabredet ist«, erklärt Larissa. »Shanti und Paulina wollen Fleur nur ins Bootshaus locken und sie dort mit der Stinkbombe überraschen.«

»Und Prince auch!« Ich pikse mit der Gabel in eine kleine Tomate, sodass der Saft ein wenig herausspritzt.

»Hat jemand Zettel und Stift?«

Shanti kramt in ihrer Umhängetasche: »Hier!«

Waffenstillstand

Das Gebüsch in der Nähe des Bootshauses entwickelt sich langsam zu einem meiner Lieblingsplätze auf der Insel. Hier kann man schön im Gras liegen, sich die Sonne auf die Nase scheinen lassen und dabei alles in der Umgebung beobachten, ohne dass man selbst gesehen wird. Es ist Viertel vor drei, als Shanti mir leicht in die Seite stupst und murmelt: »Es hat funktioniert! Da kommt Fleur anstolziert.«

Unser Plan ist also aufgegangen. Xenia wird Fleur brühwarm erzählt haben, was sie auf der Toilette gehört hat. Die französische Pissnelke hat sich richtig in Schale geworfen. Und so wie es aussieht, hat sie ihre Haare noch einmal einer Papilloten-Tortour unterworfen. Ihre Löwenmähne wippt bei jedem Schritt. Mit den komischen Schuhen, die sie heute trägt, würde ich keine zehn Meter schaffen, aber Fleur scheint selbst auf dem gekiesten Weg keine Probleme damit zu haben.

»Dass die damit nicht umknickt, das sind ja Mörderwaffen«, sagt Miu leise, als Fleur an uns vorbeigewackelt ist, und spricht mir aus der Seele.

»Alles Übungssache. Das habe ich bei den Topmodels gesehen.« Larissa liegt auf dem Bauch und hat ihren Kopf auf die Hände gestützt.

»Wenn hier später mal eine von uns Topmodel werden sollte, dann bist du das!«, sage ich, und zwar völlig ohne Neid. Larissa ist wirklich bildhübsch. Sie hat ein tolles, sehr fein geschnittenes Gesicht, das irgendwie edel wirkt. Und sie spaziert auf ewig langen Beinen durch die Welt.

Fleur ist mittlerweile am Bootssteg angekommen. Sie lässt sich darauf nieder und lässt ihre Hacken über dem Wasser baumeln. Nach einer Weile sieht sie sich nach allen Richtungen um, und wir ducken uns unwillkürlich, obwohl sie uns nicht sehen kann. Im Schutze des Gebüschs sind wir sicher.

»Drei Minuten vor drei«, flüstert Larissa. »Langsam wird sie nervös. Vielleicht kommt er ja gar nicht.«

»Kann sein.« Dann würde Prince mich versetzen, denn eigentlich ist er ja mit mir verabredet, zumindest theoretisch gesehen. Der Gedanke gefällt mir überhaupt nicht, obwohl es mir eigentlich piepegal sein könnte.

»Jungs sind nie pünktlich«, sagt Miu. »Er kommt bestimmt noch.«

Wir haben genau eine Minute nach drei, als Fleur plötzlich hektisch aufspringt und im Bootshaus verschwindet. Wir drehen die Köpfe und sehen, wie Prince lässig über die Wiese dahergelaufen kommt. Warum nimmt er denn bloß nicht den Weg? Wenn er so weitermacht, läuft er direkt auf uns zu. Auch das noch!

Prince ändert die Richtung leider nicht.

»Schnell, versteck dich tiefer im Gebüsch«, sagt Shanti, »wir setzen uns vor dich.«

Flink krieche ich ins dichte Grün. Meine Freundinnen hocken wie drei Hühner auf der Stange vor mir.

»Seid ihr Paulinas Begleitschutz?«, fragt Prince, als er bei uns ankommt.

Er denkt also wirklich, dass er mich gleich im Bootshaus trifft. Der wird Augen machen! An meiner Nase kitzelt ein Blättchen. Ich würde es am liebsten wegschieben, aber ich traue mich nicht, mich zu bewegen. Bestimmt muss ich gleich niesen.

»Hat Paulina denn Begleitschutz nötig?«, kontert Larissa.

Und Shanti schiebt hinterher: »Außerdem kommt sie ganz hervorragend allein klar. Wir genießen hier nur die schöne Aussicht.«

Das Kribbeln in meiner Nase wird immer schlimmer.

»Weiber!«, sagt Prince und trollt sich Richtung Bootshaus.

Als mir ein lautes »Hatschi« entweicht, dreht er sich noch einmal um.

»Heuschnupfen«, sagt Larissa geistesgegenwärtig und reibt sich die Nase.

Ein paar Sekunden später dreht sie sich zu mir um. »Er ist außer Sichtweite. Wenn wir uns wieder flach hinlegen, können sie uns von unten vom Steg aus nicht sehen.«

»Das war knapp!« Ich zupfe mir ein paar Blätter und Zweige aus den Haaren. »Und jetzt? Sollen wir runter zum Bootshaus gehen oder lieber hier warten? Ich würde ja zu gern Mäuschen spielen. Aber bis wir unten sind, kommen die vielleicht schon wieder raus. Und dann laufen wir ihnen direkt in die Arme.«

»Prince hat uns doch eh schon gesehen.« Shanti steht auf und streckt sich. Aber im nächsten Moment duckt sie sich wieder nach unten. »Fleur ist im Anmarsch! Das ging aber flott ...«

Wir drücken uns alle vier wieder nah an das Gebüsch heran. Fleur kommt wie eine Dampflok den Weg nach oben gestürmt. Etwa auf Höhe des Gebüschs bleibt sie stehen und bückt sich. Ich rechne damit, dass sie uns jeden Moment entdeckt, aber sie zieht nur ihre Schuhe aus und stapft dann barfuß im Gras weiter.

»Bingo, es müffelt!« Shanti grinst. »Die sieht ganz schön mitgenommen aus.«

Ich setze mich auf. Prince kommt aus dem Bootshaus auf uns zugeschlendert. Diesmal verkrieche ich mich nicht im Gebüsch. Ich bleibe an Ort und Stelle sitzen und sehe ihm direkt ins Gesicht, als er vor uns stehen bleibt.

»Ich wusste doch, dass du es warst, die vorhin geniest hat.« Prince streckt mir sekundenlang seine Hand entgegen, dann nimmt er sie zurück, als ich nicht reagiere.

»Ich würde mal sagen, jetzt sind wir quitt. Dass du mir Fleur auf den Hals gehetzt hast, ist ja eigentlich schon Strafe genug. Aber das Ding mit der Stinkbombe in der Flasche war echt 'ne Nummer zu viel!«

Miu klatscht in die Hände. »Sie hat tatsächlich unser Parfüm benutzt. Wie cool!«

»Sie hat es sich ins Haar gesprüht, stellt euch mal vor, und zwar genau in dem Moment, in dem ich reingekommen bin. Und als der Geruch sich dann bemerkbar gemacht hat, hat sie mich wie eine Verrückte angeschrien, als wäre ich schuld an der ganzen Sache. Ich wusste im ersten Moment überhaupt nicht, was los ist. Mir ist auf jeden Fall ganz schlecht geworden. Das Zeug riecht nach faulen Eiern! Und dann seid ihr mir eingefallen. Das habt ihr ja toll eingefädelt. Also, was ist?«

Prince streckt mir noch einmal die Hand entgegen. Ich kämpfe einen letzten Augenblick, dann greife ich grinsend zu. Ich muss mich ja nicht unmittelbar mit ihm anfreunden, aber eine Art Waffenstillstand ist in Ordnung. »Und sie hat sich das Zeug tatsächlich in die Haare gesprüht?«

Prince nickt. »Zum Glück habe ich nichts abbekommen.«

»Och, ich weiß nicht ...«, sage ich. »Verdient hättest du es schon.«

»Ich habe mich wie ein Idiot verhalten, okay. Tut mir leid. Nimmst du meine Entschuldigung nun an?«

Endlich lässt Prince meine Hand wieder los.

»In Ordnung.«

Shanti wirft Prince einen abschätzigen Blick zu. »Ich hätte zu gern dein Gesicht gesehen, als du Fleur im Bootshaus entdeckt hast.«

»Ich war hellauf begeistert, was glaubt ihr denn!« Prince zieht eine schiefe Grimasse und steckt seine Hände in die Hosentaschen. »Ich mach mich dann mal auf den Weg nach Europa.«

Wir Mädchen lassen uns auf dem Bootssteg nieder und genießen unseren kleinen Erfolg, als über uns ein lautes, knatterndes Geräusch zu hören ist.

»Clemens!«, rufe ich aus.

»Er wird von seinem Vater zurück zur Insel geflogen, ganz wie es sich für einen Lord gehört«, sagt Shanti.

Der Gyrocopter rattert über uns hinweg.

Und wie auf Kommando setzt sich am anderen Rheinufer die Fähre in Bewegung.

»Gleich wird es hier wieder voll auf der Insel werden.«

Larissa seufzt. »Wie schnell die erste Woche vergangen ist, Wahnsinn, oder?«

Wir stimmen ihr sofort zu.

»Es ist aber auch echt cool hier!«, sagt Shanti. »Und es passiert so viel!«

»Irgendwie total schräg, aber genial!« Ich stehe auf und klopfe mir Staub und Blätterreste von der Hose. Mein Fluchtmanöver unter das Gebüsch war schon ziemlich abgefahren. Ich kam mir vor, als würde ich die Hauptrolle in einem Spionagefilm spielen.

Shanti, Larissa und Miu machen sich auf den Weg zurück zum Schloss. Sie sind neugierig, wollen Clemens in Empfang nehmen und erfahren, ob die Jungs noch etwas über den Verbleib des Buches herausgefunden haben.

Ich schaue noch bei Graf Dracula vorbei, dem armen Taubenmann, der noch immer in seinem alten Damenstrumpf festhängt.

»Na, Kleiner, wie geht es dir?« Vorsichtig kraule ich sein Köpfchen. Als er ein scheppperndes Gurren von sich gibt, muss ich lachen. »Wenn ich gewusst hätte, dass du eine so spezielle Gesangsstimme hast, hätte ich dich Justin Bieber getauft!«

Ich streichle ihm noch ein bisschen übers Federkleid, dann mache ich mich daran, die anderen Boxen auszukratzen. Dabei fällt mir auf, dass keine Taube so schön wie Lady Gaga ist. Wie es ihr wohl geht? Die letzten Tage sind echt wie im Flug vergangen, ich hatte kaum Zeit, an Bottrop zu denken. Mit Kira habe ich ab und zu telefoniert und ihr auch Nachrichten geschickt. Aber obwohl heute Sonntag ist, habe ich noch gar nichts von ihr gehört. Sie hat weder auf meine SMS von gestern Abend noch auf die von vorhin geantwortet.

Ich setze mich auf die Steinstufe vor der Kapelle, ziehe mein Handy aus der Tasche und drücke die Schnellwahltaste für Kiras Nummer. Aber statt meiner besten Freundin teilt mir eine automatische Stimme mit, dass die Nummer, die ich gerade gewählt habe, momentan nicht erreichbar ist.

Was ist das denn? Ich versuche noch einmal mein Glück, aber wieder ertönt die blechern klingende Mailbox. Ob Kiras Telefon vielleicht kaputt ist? Oder sie hat kein Guthaben mehr? Aber dann könnte ich sie zumindest anrufen, das wäre kein Problem.

Die Festnetznummer kenne ich zum Glück auswendig. Wir haben vier Uhr am Nachmittag. Vielleicht habe ich ja Glück und Kira ist zu Hause. Es tutet ein paarmal, dann habe ich Kiras Mutter in der Leitung.

»Hallo, Frau Mattuschek, Paulina hier. Ist Kira zufällig zu sprechen? Ich erreiche sie über das Handy nicht.«

»Ach, Paulina, das ist aber nett, dass du mal anrufst. Kira ist noch nicht zurück, sie hat doch heute Nacht bei Sophie übernachtet. Aber sag mal, wie geht es dir denn überhaupt? Ist es immer noch so schlimm auf der einsamen Insel?«

»Mir geht's gut, danke. Zum Glück bin ich ja nicht allein hier im Internat.«

Frau Mattuschek lacht. »Ich sag Kira, dass du angerufen hast, wenn sie von Sophie zurück ist. Die beiden wollten noch gemeinsam Marmelade kochen, aber Kira müsste spätestens um sechs wieder da sein.«

Kira und Marmelade kochen? Das kann ich mir absolut nicht vorstellen. Luca ist in unserer Bottroper Runde der Chefkoch. Kira ist eher der sportliche Typ, vom Backen und so einem Kram hält sie gar nichts. Und außerdem ... den Namen *Sophie* habe ich noch nie gehört. Ich traue mich aber nicht, Kiras Mutter nach dem Mädchen zu fragen.

»Ich rufe später noch mal an«, sage ich und verabschiede mich.

Ich möchte bloß wissen, woher denn diese Sophie so plötzlich kommt, dass Kira gleich bei ihr übernachtet? Ihre Mutter hat meistens einen tierischen Aufstand geprobt, wenn Kira mal bei mir schlafen wollte. Darum musste ich in der Regel bei ihr übernachten. Außerdem schläft Kira nicht einfach so bei fremden Leuten, es sei denn ...

Ich bin gerade mal seit einer Woche weg und schon sucht sie sich eine neue Freundin? Dass die beiden so vertraut miteinander sind, dass Kira direkt über Nacht bei ihr bleibt, versetzt meinem Herzen einen kleinen Stich, obwohl ich weiß, dass das ungerecht ist. Ich habe hier gleich haufenweise neue Freunde gefunden und

Kira ganz allein in Bottrop zurückgelassen. Gut, sie hat noch Luca und Noah, aber das ist schließlich nicht das Gleiche.

Luca! Das ist die Idee! Kira hat mich letztens von seinem Handy aus angerufen. Seine Nummer müsste ich also noch haben. Zum Glück geht er sofort ran.

»Paulina!«, ruft er freudig aus. »Das ist ja der Hammer, dass du ausgerechnet jetzt anrufst. Wir haben gerade über dich geredet.«

Es tut richtig gut, Lucas Stimme zu hören. »Ist Noah bei dir?«

»Ja, Noah, Kira – und Sophie. Wir sind bei ihr und kochen gerade Marmelade. Brombeere, total lecker! Die musst du unbedingt probieren, wenn du wieder da bist. Wir haben eimerweise von den kleinen Beeren gesammelt. Am Kanal hängt alles voll. Du kennst ja die Stellen, wo wir immer pflücken. Sophie war auch ganz begeistert.«

»Sophie?« Schon wieder dieser Name!

»Ja, sie ist neu in unserer Klasse. Und total nett. Sie freut sich schon darauf, dich kennenzulernen. Nicht wahr, Sophie?«

Ich höre ein Lachen im Hintergrund.

Und dann ruft eine Stimme: »Hallo, Paulina, wir vermissen dich!« Das ist Kira, ich erkenne sie sofort.

»Die beiden Mädels füllen gerade die heiße Marmelade in die Gläser und können jetzt nicht ans Telefon kommen«, sagt Luca. »Und nun sag schon, wann kommst du endlich zurück?«

»Am liebsten jetzt sofort«, antworte ich.

»Warum, was ist los? Hat dich jemand geärgert? Sollen wir ein Schiff kapern und dich befreien?«

»Wir kidnappen dich einfach, dann bist du weg von der Insel«, quatscht Noah in den Hörer.

Genau in dem Moment quietscht jemand auf. »Ach, du Scheiße!«, höre ich, dann lautes Gelächter.

»Ich muss ganz schnell auflegen«, sagt Luca. »Die Marmelade ist gerade vom Herd geknallt …«

Gleich darauf ertönt in der Leitung das Besetztzeichen.

Es ist also eine neue Schülerin in unsere Bottroper Klasse gekommen. Komisch, dass Kira mir bisher noch nicht von ihr erzählt hat. Luca scheint auf jeden Fall ganz begeistert von ihr zu sein. Und Kira hat sogar bei ihr übernachtet. Meine Gefühle sind mir unangenehm und ich gebe es nur ungern zu, aber ich bin … eifersüchtig. Kira hat sich eine neue Freundin gesucht, obwohl sie noch gar nicht weiß, dass ich mich entschlossen habe hierzubleiben. Ich bin total unfair und sollte mich für Kira freuen. Schließlich habe ich Shanti auch erst gestern gesagt, dass sie meine beste Freundin ist, hier auf der Insel versteht sich. In Bottrop ist es Kira. Und die Vorstellung, dass sich das ändern könnte, gefällt mir gar nicht!

Geteiltes Leid ist halbes Leid

»Mein Vater hat mich eindringlich davor gewarnt, den Gang zu benutzen, der unter dem Rhein hindurch bis rüber ans Festland führt«, sagt Clemens und zeigt auf den großen Plan, den er vor sich auf dem Fußboden ausgebreitet hat. »Das muss wohl mächtig gefährlich sein.«

Clemens hat sein Versprechen wahr gemacht und die Pläne mitgebracht, die wir uns erhofft haben. Wir hocken alle mit gesenkten Köpfen auf dem Boden in der Bibliothek, betrachten das eigenartige Labyrinth aus Linien und Strichen und lauschen gespannt Clemens' Erklärungen.

»Guckt mal«, sagt er, »es gibt noch einen, der von der Bibliothek aus nach draußen auf die Insel geht. Und von der Kapelle führt einer bis zur Folterkammer – das ist der, den wir schon kennen. Insgesamt laufen also zwei über die Insel, einer unter dem Rhein hindurch. Das ist der, der zugemauert wurde.«

Theo fährt mit dem Finger den Plan entlang. »Und diese Abzweigung hier zwischen Kapelle und Folterkammer sind wir gestern zusammen abgegangen. Larissa und Paulina haben den Geheimgang zufällig entdeckt.«

»Echt?« Clemens schaut uns verblüfft an.

»Was?« Ich habe gar nicht richtig zugehört, sondern bin ständig mit meinen Gedanken in Bottrop und schaue im Fünfminutentakt auf das Display meines Handys. Wir haben gleich halb acht. Kira hat sich noch immer nicht bei mir gemeldet. In einer halben Stunde muss sie ins Bett und das Telefon ausschalten. Zur Sicherheit habe ich sogar schon Shanti gebeten, mir eine Nachricht zu schicken, weil ich befürchtet habe, mein Handy sei vielleicht kaputt und deswegen würden keine SMS mehr bei mir ankommen. Aber das Ding funktioniert einwandfrei. Seitdem ich das weiß, habe ich schlechte Laune.

»Das ist doch der Gang, oder?«

»Ja, klar. Er führt auf die andere Seite der Insel zum Rhein runter. Von dort aus sind die MCGler losgerudert – mit Sir James im Gepäck!« Ich zwinge mich, meine trüben Gedanken abzuschütteln, und konzentriere mich jetzt auf Bernstein. Immerhin ist unser Gockel entführt und das legendäre Buch geklaut worden!

»Ich würde vorschlagen, dass wir nächsten Samstag alle gemeinsam rüberrudern und das Gymnasium mal näher unter die Lupe nehmen«, schlägt Clemens vor. »Vielleicht können wir das Ganze ja auch offiziell aufziehen, so nach dem Motto, wir wollen das Dorf mal kennenlernen oder so. Dann bringt uns eventuell Herr Naunheim mit der Fähre rüber.«

»Samstag geht nicht«, sagt Shanti, »da hat Paulina Geburtstag. Da wird gefeiert!«

»Den ganzen Tag?« Klar, Theo ist natürlich egal, dass ich eine Party machen will. Er will lieber einen auf Abenteurer machen.

»Ist sowieso nur für Mädchen«, sage ich. »Tut euch also keinen Zwang an.«

Die Jungs reagieren gar nicht darauf. Meine spontane Entscheidung scheint also richtig gewesen zu sein. Und da sich Kira sowieso nicht meldet, werde ich meinen 13. Geburtstag mit den Mädchen verbringen, denen ich wichtig bin: Shanti, Larissa und Miu. Und ein paar nette andere Mädels werde ich auch noch einladen. Marie und Aleyna zum Beispiel. Oder am besten gleich alle Mädchen aus unserer Klasse, mit Ausnahme von Fleur und Xenia natürlich.

»Okay, dann machen wir das unter uns Jungs aus«, sagt Theo. »Klärst du das mit der Schulleitung, Clemens? Du hast doch sozusagen einen direkten Draht.«

Clemens nickt. »Und, wie findet ihr die Pläne?«

Meiner Meinung nach halten sie keine große Überraschung parat. Okay, es gibt noch einen Gang von der Bibliothek aus, den wir noch nicht kennen und der nach draußen auf die Insel führt. Mein Blick fällt auf die zugemauerte Stelle in der Wand, auf die auch Dwalin starrt. Ich würde wetten, der Gang beginnt genau dort. Vielleicht aber auch ganz woanders, aber diesmal werden die Jungs das ohne mich herausfinden müssen.

»Nach dem Eingang können wir ja auch schon früher nach dem Unterricht suchen«, sagt Sam prompt. »Damit müssen wir nicht bis zum Wochenende warten.«

»Ich muss um vier immer zu Graf Dracula«, gebe ich kund. »Mit mir könnt ihr nicht rechnen.«

»Dann warten wir eben auf dich! Ohne dich hätten wir den anderen Gang gar nicht gefunden. Und das Buch auch nicht. Du könntest später mal gut als Detektivin arbeiten, du hast absolut Talent dazu!«

Sam meint das als Kompliment. Und obwohl die Detektivgeschichte albern ist, freue ich mich darüber. Wenigstens einer, der meine Leistung schätzt. Von den Jungs, meine ich.

»Du warst doch die ganze Zeit so begeistert von den unterirdischen Gängen«, sagt Theo. »Was ist denn auf einmal los, Paulina?«

Ich will echt nicht zickig sein und Theo ist eigentlich schwer in Ordnung. Aber er ist halt ein Junge und denkt ab und zu nicht richtig nach. Dafür kann er nichts. Ich habe schlechte Laune, weil Kira sich nicht meldet. Das ist los! Aber das weiß hier niemand.

Ich habe um kurz nach sechs bei Kira zu Hause angerufen, aber da ist niemand rangegangen. Dann um halb sieben noch mal, aber es war wieder niemand da. Und das Handy sagt mir immer, dass sie vorübergehend nicht erreichbar ist. Kira hat bestimmt zehn Anrufe in Abwesenheit auf ihrem Display, wenn sie endlich mal nachguckt. Luca habe ich auch noch mal angerufen. Er hat die ganze Zeit über von der lustigen Einkochaktion und von Sophie geschwärmt, die übrigens schon seit dem ersten Schultag in meiner alten Klasse ist. Aber niemand von meinen Freunden hielt es für wichtig, mir das zu erzählen. Als ich das Luca gegenüber angemerkt habe, sagte er, das hätte sich erst die letzten Tage so gut mit ihr entwickelt. Und ich würde sie bestimmt auch total nett finden, wenn ich denn endlich wieder bei ihnen wäre.

Was Kira wohl von Shanti halten würde, wenn sie sie kennenlernen würde? Ich betrachte meine neu gewonnene Freundin von der Seite. Sie trägt heute wieder ihre klassischen Zöpfe. Dabei ist der eine etwas dicker geraten als der andere. Auf ihrem T-Shirt, auf dem viele bunte Schmetterlinge umherflattern, steht mit breiten Buchstaben *Be yourself!* geschrieben.

Als Shanti bemerkt, dass ich sie beobachte, lächelt sie mich an: »Wollen wir mal 'ne Runde Luft schnappen?« Sie streckt mir ihre Hand hin und wir rappeln uns auf.

»Dass Mädchen immer zusammen verschwinden müssen«, sagt Lennart.

»Das machen wir nur, um ungestört über euch Jungs

lästern zu können«, kontert Shanti, und ich muss lachen, weil Lennart gerade ein ziemlich dummes Gesicht macht.

»Was ist los mit dir?«, fragt Shanti, als wir über die Steintreppe hinaus in den Park gehen. »Du machst ein so unglückliches Gesicht.« Shanti schaut mich prüfend an. Sie hat so einen Blick drauf, als würde sie tief in mich hineingucken können.

»Hör schon auf mit deinem Hypnoseblick.«

»Nur, wenn du mir erzählst, was los ist.«

Wir lassen uns am Brunnenrand nieder. Die beiden Engel blicken friedlich lächelnd auf uns herab. Frau Sauerbrei mit ihrem Spruch fällt mir wieder ein: *Geteiltes Leid ist halbes Leid ...*

Auf einmal sprudelt alles aus mir heraus und ich erzähle Shanti von Kira, Luca, Noah – und Sophie, der neuen Freundin in meiner alten Clique. Schon bald merke ich, dass es mir besser geht. Es tut wirklich gut, über ein Problem zu reden, denn es wird tatsächlich kleiner dadurch.

»Du hast Angst, dass du Kira als beste Freundin verlierst«, sagt Shanti. »Das geht ihr mit dir aber bestimmt genauso.«

»Ja, ich weiß. Aber es ist einfach kein schönes Gefühl.«

»Magst du Kira denn jetzt weniger, nur weil du mich auch zur Freundin hast?«

»Quatsch! Wie kommst du denn auf so was?« Entrüstet sehe ich Shanti an. Dann muss ich plötzlich grinsen.

»Du solltest in die Fußstapfen deines Vaters treten und mal Psychologin werden!«

»Ah, dir ist also ein Licht aufgegangen. Und dann auch noch so schnell!«

Ich tauche die Hand ins Becken und spritze Shanti mit etwas Wasser voll. »Du kannst ja richtig fies sein!«

Shanti lacht. Sie hat absolut recht. Ich mag Kira kein bisschen weniger, nur weil ich Shanti als neue Freundin dazugewonnen habe. Und Kira wird es andersrum genauso gehen. Sophie ist nun eine ihrer Freundinnen, aber das ändert absolut nichts zwischen Kira und mir.

»In unserem Herzen ist Platz für mehrere Menschen gleichzeitig«, sagt Shanti, und ich finde, dass sie verdammt klug klingt.

»Hast du das von deinem Vater?«, frage ich.

»Nein, das habe ich mir gerade einfallen lassen, damit du wieder bessere Laune bekommst.«

»Boah, Shanti!« Ich spritze meine Freundin mit einer weiteren Ladung Wasser voll, da sehe ich aus den Augenwinkeln ein Mädchen auf das Schloss zueilen. Jetzt habe ich auch noch Halluzinationen! Ist Kira etwa hier auf der Insel? Ich kneife die Augen zusammen, dann erkenne ich sie. Es ist Fiona. Die Ähnlichkeit mit Kira ist mir beim Grillabend schon aufgefallen. Ich deute mit dem Kopf auf sie.

»Das ist Fiona«, stellt Shanti fest. »Was sie wohl so spät noch im Schloss will? Vielleicht sucht sie uns ja.«

»Fiona«, rufe ich, »hier sind wir!«

Fiona bleibt wie angewurzelt stehen, dann dreht sie sich auf dem Absatz um und rennt weg.

»Was war das denn?«, fragt Shanti.

»Hinterher!« Ich springe auf, denn auf einmal habe ich da so eine Ahnung.

Ich bin ganz gut in Leichtathletik, für hundert Meter brauche ich knapp über dreizehn Sekunden. Shanti hat Sandalen an, damit kann sie nicht so schnell rennen. Und Fiona scheint kein besonderes Lauftalent zu sein. Ich hole sie ein, noch bevor sie durch das Schlosstor nach Europa verduften kann, und versperre den Ausgang. Atemlos steht sie vor mir, die Hände hinter dem Rücken versteckt.

»Wo willst du denn so eilig hin?«, frage ich.

In dem Moment, als Fiona zu heulen beginnt, kommt

Shanti völlig außer Atem angerannt. »Das Buch«, sagt sie ganz aufgeregt und deutet hinter Fionas Rücken. »Du hast es!«

»Ich wollte nicht ... Ich hab doch nur ...«, schluchzt Fiona und hält mir das Buch mit dem Ledereinband hin. Irgendwie tut sie mir leid, wie sie da so weinend vor uns steht. Shanti geht es wohl genauso, denn sie legt ihren Arm um Fionas heftig zuckende Schultern. »Jetzt beruhig dich doch erst mal.«

Ich greife mit beiden Händen nach dem dicken Buch, bevor Fiona es noch fallen lässt. Als sie sich nach einer Weile tatsächlich etwas beruhigt hat, murmelt sie: »Ich wollte es gerade zurückbringen.«

»Das ist gut«, sage ich. »Aber warum hast du es denn überhaupt mitgenommen?«

»Ich hab's für meine Freundin getan, Lydia. Sie geht auf das Marie-Curie-Gymnasium, drüben auf dem Festland.«

»So eine Blonde mit langen Haaren?«, frage ich und Fiona nickt.

»Das ist deine Freundin? Du Arme!« Das ist ja mal wieder typisch Shanti. Sie bemitleidet Fiona, weil sie mit der blöden Festlandschnecke befreundet ist. Das ist so grotesk, dass es mich auf einmal total amüsiert.

»Warum lachst du?« Fiona wischt sich die Tränen aus dem Gesicht.

»Nicht über dich, über Shanti.«

»Na ganz toll!« Shanti wirft mir einen gespielt bösen

Blick zu und bringt Fiona damit zum Lächeln. Und zum Erzählen.

»Ich bin letztes Schuljahr nach Bernstein gekommen und nach dem Unterricht immer mit der Fähre zurück über den Rhein gefahren. Aber in den Sommerferien haben sich meine Eltern getrennt und dann ...« Fiona schluchzt kurz auf.

»Das tut weh, ich kenn das!« Shanti streichelt ihr über den Arm.

»Auf jeden Fall bin ich jetzt seit diesem Schuljahr intern hier, also auch nachts. Lydia gefällt das gar nicht. Aber ich hab mir das ja nicht ausgesucht! Und dann ist drüben ein Kanu verschwunden. Sie hat deswegen total den Aufstand gemacht, von wegen wir hier auf der Insel würden uns für was Besseres halten oder so ... Gestern Abend hatten alle total gute Laune, aber ich war auf einmal traurig und wollte allein sein. Also habe ich mich an den Engelbrunnen gesetzt. Na ja, und dann kamt ihr, Theo und du, danach Prince. Ihr seid an mir vorbeigelaufen, ohne mich zu bemerken. Und da wurde ich neugierig, was ihr im Schloss vorhabt ...«

»Und als du gesehen hast, dass wir das Versteck des Buches gefunden haben, hast du es heimlich herausgenommen, um es deiner Freundin zu geben.«

»Ja, aber dann habe ich die ganze Nacht nicht geschlafen, weil ich so ein schlechtes Gewissen hatte. Deswegen wollte ich es ja eben auch zurückbringen.«

»Weiß Lydia denn von dem Buch?«, fragt Shanti.

»Nein, ich wollte sie damit überraschen.«

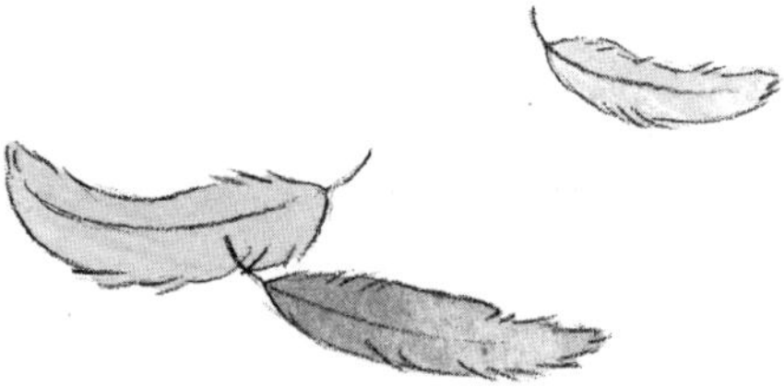

»Und wo hast du die Federn her, die unter der Platte klebten?«

Gute Frage! Shanti hat echt Grips.

»Ach, die habe ich auf dem Schlosshof aufgesammelt, dort wo Sir James normalerweise immer rumstolziert.«

»Weißt du denn, wo Sir James jetzt ist?«, frage ich.

Fiona überlegt einen Moment, bevor sie sagt: »Mit der Entführung habe ich nichts zu tun, ehrlich. Aber ich weiß, wo er ist. Ihr dürft aber nicht verraten, dass ihr es von mir wisst, sonst darf ich mich drüben nie wieder blicken lassen.«

»Versprochen«, sagen Shanti und ich gleichzeitig.

»Im Schulgarten des Marie-Curie-Gymnasiums, genauer gesagt im Hühnerstall dort.« Fiona grinst. »Keine Sorge, es geht ihm gut.«

»Cool! Dann lassen wir ihn da. Dort kann er rumkrähen, so viel er will, und ich werde morgens nicht mehr wach«, sage ich freudig.

»Weißt du«, sagt Shanti zu Fiona, »eigentlich will sie ihn zurückhaben, um eine gute Hühnersuppe aus ihm zu kochen.«

Als Fiona die Augen aufreißt, fangen Shanti und ich gleichzeitig an zu lachen.

»So«, sage ich bestimmt, »jetzt mal wieder ernsthaft. Wir holen uns unser Maskottchen zurück, Fiona. Bernstein ohne Sir James geht ja wohl gar nicht! Und dann passen wir gut auf ihn auf, damit er nicht wieder verschwindet.«

»Und das Buch?«, fragt Fiona.

»Ich würde ja zu gern gleich mal reinlesen, aber es ist wohl besser, wir bringen es vorerst wieder zurück«, sage ich und klemme es mir unter den Arm. Genau in dem Moment taucht wieder mal Prince wie aus dem Nichts auf.

»Der kommt aber auch immer total unpassend!«, stellt Shanti fest und ich klemme mir das Buch noch fester unter. Es jetzt noch zu verstecken, wäre sowieso sinnlos gewesen. Ich mache mich also auf ein erneutes Streitgespräch mit ihm gefasst, weil ich damit rechne, dass er mich gleich wieder beschuldigen wird. Aber diesmal überrascht Prince mich mit seinem Auftritt.

»Hi«, sagt er, und an Fiona gewandt: »Alles okay mit dir?«

»Ja. Prince, ich wollte es gerade zurückbringen, aber da sind die beiden mir über den Weg gelaufen.«

»Du wusstest, dass sie es hat?«, mischt Shanti sich ein, und ich bin froh, dass die Frage nicht von mir kommt, denn ich verstehe nur Bahnhof.

»Ich habe es ihm gerade erst gestanden, bevor ich los bin«, erklärt Fiona.

»Und ich dachte, ich komme mal nachsehen, ob du vielleicht Hilfe brauchst, weil ich mitbekommen habe, dass die ganze Truppe in der Bibliothek ist.«

Hilfe? Als ob wir Fiona den Kopf abgerissen hätten! Prince geht ein paar Schritte auf mich zu und streckt die Hand nach dem Buch aus. »Ich denke, das Beste wird sein, wenn ich es jetzt an mich nehme.«

Ich zögere einen Moment, dann überreiche ich es ihm.

»Wir verschwinden wohl besser«, sagt er, »da kommt nämlich der Rest eurer Truppe. Und es muss ja nicht jeder mitbekommen, was hier gerade passiert ist, oder?«

»Geht ihr mal, wir machen das schon«, sagt Shanti.

Während sich Fiona sofort auf den Weg macht, bleibt Prince noch kurz bei uns stehen. »Fiona hat es im Moment echt nicht leicht«, sagt er. »Und ich fände es gut, wenn sie nicht noch mehr Probleme bekommt.« Mit diesen Worten lässt er uns stehen und läuft Fiona hinterher. Als er sie eingeholt hat, legt er kurz seinen Arm um ihre Schultern.

»Der kann ja wirklich nett sein«, sagt Shanti.

»Sieht ganz danach aus.« Nachdenklich schaue ich den beiden nach. Fiona tut mir richtig leid. Dass sie sich so von ihren ehemaligen Mitschülern hat einspannen lassen! Aber so wie es aussieht, scheint sie einen guten

Freund hier im Internat zu haben. Und das ist verdammt viel wert.

Die Jungs sind mittlerweile bei uns angekommen.

»Ihr habt euch aber viel zu erzählen gehabt«, sagt Lennart und grinst uns an. »Mädchen müsste man sein! Es wäre bestimmt spannend, bei euch mal Mäuschen zu spielen.«

»Lennart, was wir uns manchmal erzählen, möchtest du gar nicht wissen.« Larissa klopft ihm auf die Schulter. »Damit könntest du nämlich gar nicht umgehen.«

»Wieso, was redet ihr denn so?«, fragt Jakob und guckt uns ganz neugierig an.

»Ich kann euch nur aus eigener Erfahrung sagen«, meint Sam, »dass Mädchen manchmal wirklich komisches Zeug reden, nicht wahr, Schwesterherz?«

Shanti schubst Sam in die Seite und lacht. »Von wegen, Bruderherz. Als wüsstest du, was wir uns erzählen, wenn keine Jungs in der Nähe sind.«

»Apropos, hast du deine Meinung geändert, was deine Geburtstagsfeier angeht, Paulina?«, fragt Clemens. »Sind wirklich keine Jungs erwünscht?«

Ich überlege nur einen kurzen Moment. »Nein, es wird tatsächlich eine Girls-only-Party werden, sorry, Jungs.«

»Wie cool ist das denn! Was hältst du davon, wenn ich die Party organisiere? Ich bin gut in so was.«

»Gerne, Miu! Am Samstag, ab achtzehn Uhr geht es los. Und vorher …« Abwartend schaue ich zu Shanti.

»… holen wir uns Sir James zurück!«, beendet sie meinen Satz. »Wir wissen nämlich, wo er gefangen gehalten wird.«

»Was? Woher denn?«, fragt Theo ganz aufgeregt.

Ich zeige zum Brunnen. »Das haben uns die Engel verraten.«

»Schon klar! Die beiden veräppeln uns.« Sam zieht ein missmutiges Gesicht.

»Wenn du meinst! Ihr müsst ja nicht dabei sein, wenn wir rüberfahren, um ihn zu holen, oder, Paulina?«

»So ein Quatsch!«, sagt Theo aufgebracht. »Wir kommen natürlich mit, wir wollten uns doch sowieso mal bei denen umgucken.«

»Wo genau müssen wir eigentlich hin?«, fragt Larissa.

»In den Schulgarten des Marie-Curie-Gymnasiums«, sage ich und mache ein wichtiges Gesicht.

Larissa lächelt uns an. »Wenn die Engel euch das zugeflüstert haben, dann wird es schon stimmen. Was ist mit dir, Miu? Bist du auch dabei?«

»Natürlich komme ich mit. Die Geburtstagsparty kann ich auch einen Tag vorher organisieren. Wo feiern wir denn, Paulina? In euerm Zimmer oder im Wohnzimmer? Bei euch wären wir unter uns, aber im Wohnzimmer ist mehr Platz.«

»Wenn ich die anderen Mädchen auch einlade, ist das Wohnzimmer wohl besser. Auf der Einladung wird stehen: *Girls only* – und *Fleur und Xenia dürfen hier nicht rein.*«

»Okay, und jetzt noch mal zu der Sache mit Sir James«, mischt Jakob sich wieder ein. »Woher wisst ihr das?«

»Ganz ernsthaft, Jakob«, sagt Shanti. »Wir wissen es zwar, dürfen euch aber nicht sagen, woher. Habt ihr damit ein Problem?«

»Steckt Prince dahinter?«, will Theo wissen. Bei ihm scheint nicht wirklich angekommen zu sein, was Shanti gerade gesagt hat.

»Geh doch ganz nah an die Brunnenengel, wenn du es genau wissen willst«, rate ich ihm. »Dazu musst du aber ins Wasser steigen. Und wenn du Glück hast, flüstern sie es dir zu. Vorausgesetzt, du warst immer brav.«

»Oder hör einfach auf deinen Bauch«, sagt Shanti scherzhaft. »Vielleicht fühlt er die Antwort.«

»Okay, hab schon verstanden«, lenkt Theo ein. »Ich nerv euch nicht mehr. Obwohl … so ein klitzekleiner Tipp vielleicht?«

»Er kapiert's einfach nicht!«

Ihr habt doch nicht etwa …

»*Happy birthday to you, happy birthday to you,* Marmelade in der Hose, Aprikose im Schuh!«

Ich halte das Handy etwas weiter von meinem Ohr weg. Ich weiß nicht, wieso meine Schwester denkt, sie wäre mit einer wundervollen Gesangsstimme gesegnet worden. In unserer Familie kann kein weibliches Wesen singen, auch meine Mutter nicht, wie ich gerade wieder mal feststellen muss. Sie ist die Nächste, die mir ein Geburtstagsständchen zum Besten gibt.

»Heute kann es regnen, stürmen oder schneien …«, singt sie laut und sehr schief. Nur mein Vater hat musikalisch einiges drauf. Er spielt Saxofon, hat aber auch eine echt schöne tiefe Singstimme. Allerdings verschont er mich und widmet mir kein weiteres Ständchen. Er wünscht mir schlicht alles Liebe zum Geburtstag und dass alle meine Wünsche sich erfüllen mögen. Und dann fragt er mich, wie es mir in der letzten Zeit so ergangen

ist, weil er durch seine Orchestertournee die letzten zwei Wochen viel zu wenig von mir mitbekommen hat.

»Mir geht's gut«, erzähle ich. »Der Unterricht ist etwas anspruchsvoller als zu Hause. Besonders in den Fremdsprachen und für Mathe muss ich ganz schön viel lernen. Dafür habe ich hier ein paar sehr nette Freunde gefunden.« Die Pennywacker, der Philippon und die Lapp geben ganz schön Vollgas. Manchmal raucht mir da echt der Kopf – gerade in Französisch. Das Fach gehörte schon in meiner alten Schule nicht gerade zu meinen Stärken.

»Und das Essen?«, fragt Papa.

»Super!« Mein Blick fällt auf meinen Schreibtisch, auf dem noch die Reste von meinem riesigen Geburtstagskuchen stehen, den wir gestern schon um Mitternacht angeschnitten haben. Miu, Larissa und Shanti haben ihn für mich gebacken, in Herzform, mit einer Dreizehn aus Smarties versehen.

»Und feiert ihr heute auch ordentlich?«, fragt Papa.

»Ja, aber vorher machen wir noch einen Ausflug rüber aufs Festland.«

»Ach, wie schön. Dann hast du bestimmt einen tollen Tag, das freut mich für dich!«

Einen tollen Tag werde ich bestimmt haben. Erst wird Sir James befreit, dann wird gefeiert! Und zwar ohne die Jungs. In der Sache bin ich hart geblieben, auch wenn Theo und Sam die ganze Zeit rumgenervt haben, wie ungerecht sie das finden. Immerhin konnte ich sie mit der Nachricht trösten, dass Herr Naunheim uns alle mit der Fähre übersetzt und uns zwei Stunden später wieder abholt.

Nachdem Clemens beim Pinguin nichts erreicht hat, habe ich es mit der Wahrheit versucht und Herrn Naunheim von Sir James' Entführung erzählt. Dabei habe ich zu einem kleinen Trick gegriffen und habe in einem Nebensatz noch mal den Geheimgang erwähnt, der unter dem Rhein hindurchführt, oder dass man auch mit den Kanus hinüberpaddeln könnte. Als ich dann noch gesagt habe, wir könnten ja notfalls auch schwimmen, fing Herr Naunheim laut an zu lachen.

»Ist schon gut, Paulina. Du hast mich schon so weit gehabt, dass ich euch helfe, als du mir ganz ehrlich gesagt hast, worum es bei der Sache geht«, sagte er. Dass Herr Naunheim so dermaßen schwer in Ordnung ist, hätte ich ganz am Anfang nie für möglich gehalten.

Ich unterhalte mich noch eine Weile mit meinem Vater, dann wieder mit meiner Mutter, die heute gar nicht mehr aufhören will zu reden. Als plötzlich Shanti in der Tür steht und auf ihre Uhr deutet, versuche ich, das Gespräch langsam zu beenden. »Mutsch, ich hab dich echt lieb und so. Aber ich muss um elf unten an der Fähre sein und da bleibt nicht mehr viel Zeit.«

»Ist gut, mein Schatz, feiert schön. Und erzähl mir später, wie dir die Überraschung gefallen hat, ja?«

Überraschung? Ich hab mich schon gewundert, warum Mutsch bisher nicht versucht hat, mich auf meine Geschenke neugierig zu machen. Normalerweise macht sie schon Wochen vorher Andeutungen und verplappert sich, sodass ich meistens schon weiß, was ich auf meinem Gabentisch finde. Aber diesmal haben wir die Sache mit den Geschenken auf das Wochenende verlegt, an dem ich das erste Mal wieder zu Hause bin, also in zwei Wochen. Dann will ich auch mit meinen Bottroper Freunden feiern.

Es hat sich herausgestellt, dass Kiras Handy einfach eine Macke hat und nicht mehr richtig funktioniert. Deswegen konnte sie mich nicht zurückrufen. Und meine Nachrichten hat sie auch nicht bekommen. Das Handy wird repariert, was wohl noch ein paar Tage dauern wird. Ich habe sie noch ein paarmal über das Festnetz erwischt, aber irgendwie war die Stimmung immer komisch. Sie hat von sich aus nichts von Sophie erzählt. Hätte ich nicht bei Luca nachgefragt, wüsste ich wahrscheinlich immer noch nichts von ihr. Heute habe ich auch noch keine Nachricht gekriegt. Und von den anderen auch nicht. Vielleicht treffen sie sich nachher und rufen mich gemeinsam an. Aber jetzt muss ich mich wirklich beeilen, sonst kommen wir am Ende noch zu spät zur Fähre.

»Was für eine Überraschung?«, frage ich noch schnell nach, weil ich weiß, dass Mutsch sonst beleidigt ist.

»Du wirst dich auf jeden Fall sehr darüber freuen. Mehr verrate ich dir dazu nicht, sonst ist es ja keine Überraschung mehr. Und jetzt mal los ...«

Die anderen sind schon unten am Bootssteg, als Shanti und ich angerannt kommen. Auch Herr Naunheim steht schon parat. »Da ist ja unser Geburtstagskind!«, sagt er. »Alles Gute für dich, Paulina.«

»Danke!«

»Und ich habe auch noch eine schöne Überraschung für dich.«

Noch eine Überraschung? »Echt? Das wäre aber nicht nötig gewesen.«

Herr Naunheim lacht. »Es ist nichts, was man sich kaufen kann. Aber ich habe mir heute Morgen den Flügel von unserem Patienten noch einmal angesehen und das gebrochene Bein ...«

»Und?«

»Alles in Ordnung. Graf Dracula ist wieder der Alte.«

»Echt? Das ist ja cool! Dann darf er jetzt aus dem ollen Strumpf raus?«

»Er sitzt schon in seiner Box und wartet auf dich! Ich hab ihm aber gesagt, dass du erst morgen kommst, weil du heute noch eine ganze Menge vorhast. Und jetzt retten wir erst mal den alten Sir James!«

Schon komisch, es ist erst zwei Wochen her, seitdem ich mit der Fähre nach Rosenwerth übergesetzt bin. Und jetzt tuckert das alte Boot samt meinen neu gewonnenen Freunden Richtung Festland.

»Weißt du noch, Theo?«, frage ich ganz nostalgisch.

Theo streckt mir förmlich die Hand entgegen. »Theo, Theo *von* Emstätten.«

»Sehr angenehm, ich bin Paulina, Paulina *von* Pempelfurt.«

»Und ich bin Lennart *vom* Binnenschiff. Wir sind gleich da, ihr beiden Adelsholzköpfe.«

Wir sind bestens für unsere Befreiungsaktion ausgestattet. Theo hat wieder seinen ganzen Rucksack voll mit Ausrüstung gepackt: Drahtschlüssel, Zangen, ein Seil ...

Lennart trägt einen alten Taubentransportkäfig, den Herr Naunheim uns geliehen hat. Clemens faltet umständlich einen Stadtplan auf und schaut nach, wo die Schule ist. Sam zeigt in die Fließrichtung des Rheins. »Die Kanus liegen da unten, ein Stück weiter den Rhein entlang, die Schule befindet sich bestimmt ganz in der Nähe.«

Clemens schüttelt den Kopf. »Die Schule liegt mitten im Dorf, ganz in der Nähe der Kirche.«

»Vielleicht hätten wir doch später kommen sollen, wenn es dunkel ist«, sagt Miu. »Wir fallen doch bestimmt total auf.«

»Nein, so ist es besser«, bestimmt Larissa. »Wir schleichen hier nicht rum, sondern verhalten uns wie ganz normale Schüler. Dann bemerkt uns gar keiner. Nachts heimlich hier herumzugeistern, das wäre viel verdächtiger.«

»Larissa hat recht.« Ich hake mich bei Shanti ein. »Wo müssen wir lang, Clemens?«

»Die Straße hoch, dann einmal links und einmal rechts abbiegen. Weit ist es nicht.«

»Es sieht eigentlich ganz nett aus hier«, sagt Shanti, als wir die leicht bergauf führende Straße hochgehen. Links und rechts gibt es schöne alte Fachwerkhäuser. Große Töpfe mit Blumen stehen vor den Eingangstüren. Fensterrahmen und Türen sind oft blau oder grün angestrichen.

Allerdings scheint hier im Dorf nicht wirklich viel los zu sein. Einzig eine alte Dame kommt uns entgegen, die ein Fahrrad über das Kopfsteinpflaster schiebt. Sie grüßt uns freundlich, ansonsten ist es wie ausgestorben.

»Hier ist es ja wie in einer Geisterstadt«, sagt Lennart.

»Besser, als dass uns alle naselang MCGler entgegenkommen«, sage ich. »Bestimmt sind die gerade auf Wochenend-Shoppingtour in der nächsten größeren Stadt.«

»Sind sie nicht«, sagt Sam und deutet auf ein angeschlagenes Plakat. Wir bleiben wie angewurzelt davor stehen. Das Marie-Curie-Gymnasuim feiert heute Sommerfest!

»Mist, und jetzt?« Theo rauft sich die Haare.

»Wir mischen uns einfach unters Volk«, schlägt Larissa vor. »Zwischen den ganzen Besuchern fallen wir doch gar nicht auf.«

»Gute Idee, aber dann sollten wir uns aufteilen, oder? Wenn wir alle in einem Haufen da aufschlagen, würde es vielleicht doch jemand merken.« Jakob hält mir seine Kappe hin. »Du solltest dein Haar verbergen, vor allen Dingen, wenn du es offen trägst. Die Farbe ist nicht gerade unauffällig. Ein paar von den MCGlern haben dich ja schon mal gesehen.«

»Paulina, unser kleiner Feuermelder.« Sam wuschelt mir durch die Haare.

»He!« Ich schubse seine Hand weg und blinzele ihn böse an. »In der Grundschule gab es einen Jungen, der mich ständig wegen meiner roten Haare geärgert hat.

Der hat mich auch so genannt, bis mir irgendwann der Kragen geplatzt ist und ich mich gewehrt habe.«

Sam grinst mich frech an. »Du weißt aber schon, dass das nicht böse gemeint war. Sieh es eher als Kompliment für deine Einzigartigkeit.«

»Oh Mann, du bist echt ein Meister im Komplimentemachen, Brüderchen.« Shanti zieht sich ihre Haargummis aus den Zöpfen und gibt mir eins davon. »Mich kennen sie nicht mit offenen Haaren. Mach dir einen Zopf und gib besser Sam die Mütze. Den kennen sie hier nämlich auch. Besonders die eine Blondine, die er so nett fand. Wie hieß die noch gleich, Paulina, Lydia?«

»Also, wie sollen wir uns jetzt aufteilen?«, geht Larissa dazwischen. »Ich wäre für drei Gruppen mit jeweils drei Leuten und vielleicht mischen wir noch Jungs und Mädels, wie findet ihr das?«

»Gute Idee. Ich gehe mit dir und Miu«, sagt Sam sofort.

»Und ich mit Shanti und Paulina«, verkündet Lennart. Ich kann ganz genau sehen, dass Shanti dagegen ankämpft, in ein breites Honigkuchengrinsen zu verfallen. Aber ich kenne sie mittlerweile gut genug, um zu wissen, dass sie sich über Lennarts Ansage freut.

»Na dann, Jungs, tun wir uns mal zusammen«, sagt Theo zu Clemens und Jakob und wir brechen auf.

»Der Schulgarten muss hinter der Schule sein«, teile ich den anderen mit. »Das weiß ich von Herrn Naunheim. Man kann an beiden Seiten um das Gebäude herumgehen. Am besten, wir treffen uns direkt dort!«

Die MCGler haben ganze Arbeit geleistet. Es gibt verschiedene Stände mit Spiel- und Sportmöglichkeiten, Grillbuden, Getränketische. Lennart, Shanti und ich können ganz unbemerkt über den Schulhof spazieren. Wir fallen zwischen den ganzen Schülern, Eltern und Lehrern wirklich nicht auf. Als ich auf einmal Fiona und Lydia an einem der runden Stehtische sehe, schaue ich schnell zur Seite, in der Hoffnung, dass sie uns nicht bemerkt haben. Ein Weilchen später drehe ich mich noch einmal unauffällig zur Kontrolle um. Die beiden scheinen nichts mitbekommen zu haben.

Wir kommen alle ungefähr gleichzeitig am Schulgarten an. Theo zieht seinen tollen Drahtschlüssel aus dem Rucksack und will sich damit am hohen Gartentor zu schaffen machen.

»Damit wir nicht drüberklettern müssen«, sagt er mit gewichtiger Stimme, aber Jakob kommt ihm zuvor. Er drückt die Klinke einfach nach unten und das Tor springt auf. »Es ist gar nicht abgeschlossen!«

»Sollen wir alle suchen gehen?«, frage ich.

»Nein, eine Hälfte nur, die andere schiebt Wache«, schlägt Clemens vor.

»Ich geh rein!«, sagt Theo sofort. »Und du, Paulina, kommst am besten auch mit, du kennst dich doch mit Federvieh aus.«

Tauben und Hühner kann man ganz sicher nicht miteinander vergleichen, aber natürlich bin ich trotzdem dabei. Gemeinsam mit Sam und Shanti schleichen wir uns durch den Schulgarten, der relativ groß ist. Sogar einen Teich mit Goldfischen haben die hier.

»Das nächste Mal bringen wir eine Angel mit«, witzelt Theo.

»Hier lang, da ist der Stall«, sage ich und sprinte zu dem hölzernen Verschlag. Mit angehaltenem Atem löse ich den Riegel und ziehe die Tür auf.

Sir James steht inmitten von gackernden Hühnern, die bei unserem Anblick aufgeregt um ihn herumwackeln.

»Komm her, alter Freund«, sagt Sam, aber der alte Gockel denkt gar nicht daran. Er flattert aufgebracht davon, als Sam nach ihm greifen will.

Sofort bricht Chaos zwischen den Hühnern aus und sie laufen wie wild durcheinander. Es dauert bestimmt zehn Minuten, bis wir Sir James endlich eingefangen und ihn sicher in der alten Transportkiste verstaut haben. Die Hühner beruhigen sich alle langsam wieder, bis auf eine Henne, die rotzfrech gegen meinen linken Schuh hackt.

Ich packe das ungezogene Huhn und halte es hoch in die Luft. »Ist noch Platz in der Kiste, Theo? Sir James hätte bestimmt gern Gesellschaft.«

»Klar, nur her damit!«

»Da seid ihr ja endlich!«, sagt Jakob, als wir unseren Wachdienst erreichen. »Habt ihr ihn?«

Wie auf Kommando ertönt eifriges Gegacker aus dem Korb.

»Der macht aber komische Geräusche. Seid ihr sicher,

dass ihr Sir James da drin habt?« Jakob guckt ganz skeptisch und wir fangen an zu lachen.

»Er hat Damengesellschaft«, klärt Sam die Sachlage auf.

Der Rückweg verläuft zum Glück ohne Zwischenfälle. Obwohl die Henne ordentlich Krach macht, fällt bei dem allgemeinen Lärmpegel niemandem auf dem Schulfest auf, dass wir vor ihren Augen Sir James zurückgeholt und eine ihrer Hennen entführt haben.

»Sieht aus, als wäre alles gut gegangen, oder?«, fragt Herr Naunheim, als wir mit zufriedenen Gesichtern wieder an der Fähre ankommen. »Habt ihr den alten Kerl?«

»Ja, alles paletti. Es gibt nur einen unvorhergesehenen Gast – haben Sie in Ihrem Garten zufällig Platz für eine entzückende Henne, die sich unsterblich in Sir James verliebt hat?«

»Ihr habt doch nicht etwa …?«

»Doch, haben wir! Das Schloss hat jetzt eine Lady, sie heißt … Lydia«, sage ich schelmisch.

»Ihr seid mir vielleicht welche«, schmunzelt Herr Naunheim. »Dann bringe ich euch alle mal zurück zur Insel. Heute wird doch bestimmt noch gefeiert, oder?«

»Ja, es gibt eine Party«, sage ich fröhlich. »Allerdings ist sie nur für Mädels!«

Die alleralleralllerbeste Freundin der Welt

»Happy birthday to you, happy birthday to you ...«

Miu hat echt ganze Arbeit geleistet. Sie hat das Wohnzimmer richtig schön mit Girlanden und Luftballons dekoriert. Und natürlich hat sie alle möglichen Leckereien besorgt. Mitten auf dem Tisch steht ein großes Paket aus Bottrop, das Mutsch mir geschickt hat. Das also war ihre Überraschung! Es ist voll gepackt mit Süßigkeiten und Party-Utensilien. Fast alle Mädchen aus der 7b sind hier. Ich habe sogar überlegt, ob ich Fleur und Xenia auch einladen soll, weil ich sie nicht als Einzige ausschließen wollte, aber dann habe ich erfahren, dass sie beide heute wegen einer wichtigen Familienangelegenheit überstürzt nach Hause mussten. Und somit hatte sich das Problem von allein erledigt.

Als plötzlich die Tür aufgestoßen wird, traue ich meinen Augen kaum. Komisch aussehende Mädchen stolzieren hintereinander herein, wackelig auf hohen Absätzen.

Moment, das sind doch Theo, Sam, Lennart, Clemens und Jakob – na, die trauen sich was!

»Ich habe gehört, hier steigt 'ne coole Party«, quietscht Lennart mit piepsiger Stimme und sorgt für kollektives Lachen bei uns *echten* Mädchen. »Dürfen wir mitfeiern?«

»Aber klar doch, Mädels, immer rein mit euch!« Die Jungs sind so was von abgefahren schräg verkleidet, dass ich sie unmöglich wieder wegschicken kann. Wo sie die Kleider nur abgestaubt haben? Theo trägt sogar einen Rock. Und alle haben sich die Lippen geschminkt.

»Das darf doch nicht wahr sein!« Empört zeigt Larissa auf das rosafarbene Tuch, das einer der Jungs sich um seinen Hals gewickelt hat.

»Das ist meins, Theo!«

»Nein«, säuselt Theo mit zarter Stimme. »Das ist mein absolutes Lieblingsaccessoire, brandaktuell aus Paris. Und außerdem heiße ich nicht Theo, mein Name ist Thea!«

Augenblicklich verfallen alle in lautes Gelächter.

»Und wen hast du noch mitgebracht? Willst du uns nicht deine Freundinnen vorstellen?«, frage ich grinsend.

»Natürlich, ich bin in Begleitung von Samira, Jakobia und Lennardine hier«, antwortet Thea galant.

»Du hast mich vergessen, du Schuftin«, heult da plötzlich eine Stimme auf und einer der Jungs – oder Mädchen? – drängt sich nach vorn. Ich kippe fast aus den Latschen, als ich Shantis Haremshose erkenne. Die haben in unseren Zimmern geräubert. Das darf doch wohl nicht wahr sein!

»Wie konntest du nur unsere gute Clementine vergessen«, quiekt Jakobia.

Jetzt ist es ganz vorbei. Dass Jakob seine Stimme so dermaßen gut verstellen kann, hätte niemand von uns für möglich gehalten. Wir halten uns die Bäuche vor Lachen!

»Und jetzt musst du dich hier auf diesen Stuhl in die Mitte des Raumes setzen!«, säuselt Samira.

Und da sitze ich nun, mit verbundenen Augen, Paulina (von) Pempelfurt, seit heute dreizehn Jahre alt. Irgendjemand drückt mir eine Kiste in die Hand.

»Du musst raten, was da drinnen ist, aber du darfst nicht mogeln. Fragen kannst du stellen. Und bei jeder Frage, die du richtig beantwortest, darfst du weiter auspacken, bis du beim Geschenk ankommst«, erklärt Clementine.

»Lebt es?«, frage ich skeptisch.

»Nein, keine Angst«, kichert Jakobia.

»Kann man es essen?«

»Nein!«, quiekt die verkleidete Jungenbande im Chor.

Das hört sich so lustig an, dass alle wieder lachen. Ich brauche einen Moment, bis ich mich wieder beruhigt habe.

»Ist es weich?«

»Ja, mein Schatz, das ist es.« Der Spruch kommt von Jakobia. Er kann richtig witzig sein – und verdammt gut schauspielern, das hätte ich ihm gar nicht zugetraut. »Für deine richtige Antwort darfst du nun die Schnur öffnen.«

Ich ziehe an der Schleife und die Kordel fällt zu Boden. Abschätzend hebe ich den Karton in die Höhe. Er ist nicht schwer.

»Ist es ein Stofftier?«

»Bist du sechs oder dreizehn geworden?«, stellt da jemand die Gegenfrage. Es hört sich ganz nach Lennardine an. »Aber der erste Teil des Wortes war nicht schlecht.«

»Boah, Lennart«, blökt Theo, diesmal mit Jungenstimme, aber nur um danach wieder in ein liebliches Säuseln zu verfallen. »Du sollst doch nicht alles verraten.«

»Etwas zum Anziehen!«, rufe ich.

»Aus-packen, aus-packen, aus-packen«, ertönt es laut im Chor. Diesmal sind es meine echten Freundinnen. Irgendjemand zieht mir von hinten die Augenbinde ab. Neugierig mache ich mich daran, das Paket zu öffnen, reiße schnell das Geschenkpapier runter und halte kurz darauf ein wunderschönes knallgelbes T-Shirt in der Hand. Darauf hat irgendjemand mit Stoff-Farben das Bernstein-Schloss gemalt. Und darunter haben alle meine Freunde ihre Namen geschrieben, sowohl die Jungs als auch Mädchen.

»Das ist ja cool. Voll schön!«, rufe ich aus.

»Hoch soll sie leben, hoch soll sie leben, dreimal hoch, hoch, hoch!« Die verkleideten Jungs haben den Stuhl gepackt und heben mich hoch in die Luft. Alle im Raum setzen zu einem Geburtstagsständchen an. So eine irre Feier habe ich noch nie gehabt, denke ich, als sie das Lied zu Ende gesungen haben und mich wieder absetzen. Genau in dem Moment ertönt eine glockenklare Stimme, diesmal von einem echten Mädchen.

»Paulina?«

Vor Schreck lasse ich das T-Shirt fallen. Dann springe ich schnell vom Stuhl auf.

»Kira? Luca, Noah! Was macht ihr denn hier?« Ich habe mich also nicht verhört. Diese Stimme kenne ich ganz genau und aus Hunderten heraus. Meine Freunde aus Bottrop sind gekommen!

»Was macht ihr denn hier?«, frage ich und bekomme vor Aufregung einen ganz roten Kopf.

»So ein komischer Vogel mit grauen Haaren und eisblauen Augen hat uns mit der Fähre übergesetzt«, erklärt Noah.

Herr Naunheim! »Echt? Wie habt ihr das denn geschafft? Der nimmt normalerweise niemanden mit, der nicht zum Internat gehört.«

»Na ja, wir dachten, es sei an der Zeit, dich hier rauszuholen. Du hattest schließlich SOS an Kiras Handy gefunkt«, sagt Luca. »Also haben wir so lange deine Mutter bearbeitet, bis sie hier angerufen hat und das mit der Überfahrt geklärt hat. Aber notfalls hätten wir auch ein Kanu geklaut und wären so rübergekommen.«

»Na, das hätte was gegeben!«, sagt Sam und Noah wirft Luca einen bedeutungsvollen Blick zu. Sam sieht aber auch wirklich gewöhnungsbedürftig aus in dem Mädchenfummel und mit seinen roten Lippen.

Noah zuckt mit den Schultern. »Wieso, meinst du etwa, das hätten wir nicht geschafft?«

»Nein, das meine ich doch gar nicht!«, sagt Sam und grinst bis über beide Ohren. »Das hätte nur die Fehde noch spannender werden lassen.«

Kira tritt einen Schritt zurück und sieht mich ganz eigenartig an. Dann sagt sie: »Jetzt sind wir auf jeden Fall da. Und ich muss sagen, es sieht echt nett aus hier, alles ist toll geschmückt – und eine super Stimmung scheint ja auch zu sein. Man hat euch bis draußen gehört – dich und deine Freunde. Oder sollte ich lieber Freundinnen sagen?«

»Ja, äh ...« Auf einmal weiß ich nicht, was ich sagen soll.

»Es ist unsere erste Feier hier auf Bernstein. Toll, dass ihr auch gekommen seid. Paulina hat schon ganz viel von euch erzählt.« Shanti ist einen Schritt nach vorn getreten. Sie hat gemerkt, dass mir die Situation unangenehm ist, und möchte mir helfen, aber sie macht die Sache nur noch schlimmer.

»Ist das Ylvie?«, fragt Kira. Sie mustert Shanti von oben bis unten.

»Kira ...«, sage ich, aber meine Freundin unterbricht mich einfach.

»Nach SOS sieht das auf jeden Fall nicht aus. Wir dachten, dass es dir hier total schlecht geht und du noch nicht einmal die vier Wochen aushältst. Deswegen haben wir uns gedacht, wir nehmen dich einfach heute schon mit. Wir haben es dir versprochen! Auf jeden Fall ... ich soll dir ganz liebe Grüße von deiner Mutter ausrichten. Sie besteht nicht mehr auf die vier Wochen. Du kannst jetzt sofort mit uns nach Hause kommen.« Kira sieht mich auffordernd an. »Ist doch super, oder?«

Mist! Da habe ich den Salat. Alle Augen sind auf mich gerichtet.

»Also weißt du, ich hatte bisher noch keine Gelegenheit dazu, dir – euch, das zu sagen ...« Es fällt mir wirklich schwer, ausgerechnet jetzt mit der Wahrheit rauszurücken, aber wenn ich es jetzt nicht sage, mache ich die Sache noch schlimmer. »Ich habe mich dazu entschieden hierzubleiben, auf Bernstein.«

Kira schüttelt ungläubig den Kopf. Sie wirft noch einen Blick in unsere gar nicht mehr fröhliche Partyrunde, dann dreht sie sich um und verlässt kommentarlos den Raum. Luca und Noah laufen ihr hinterher.

Ich sitze immer noch auf meinem Stuhl, kann mich nicht bewegen. Da stößt Shanti mir in die Seite. »Los, geh ihnen nach!«

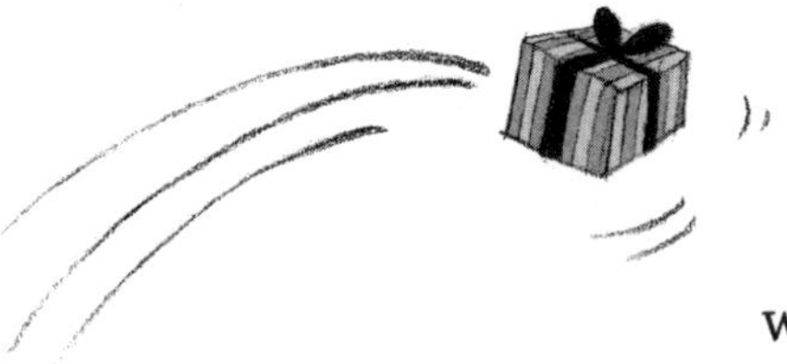

»Danke!«, flüstere ich – und springe auf.

»Kira! Luca, Noah ... wartet doch, bitte!«

Ich stürme den Flur entlang, aus dem Haus raus – und knalle, wie sollte es auch anders sein, mit Prince zusammen. Ein kleines, bunt eingepacktes Päckchen segelt durch die Luft und landet genau da, wo ich mich jetzt auch befinde, auf dem Boden.

»Du bist aber stürmisch heute.« Prince reicht mir seine Hand und hilft mir auf. »Alles Liebe zum Geburtstag.«

Ich starre ihn an, die Hand immer noch in seiner, dann reiße ich mich abrupt los und renne weiter.

»Paulina, was ist denn los?«, ruft Prince mir hinterher. Tränen schießen mir ins Gesicht. Wie konnte ich nur so doof sein und mich für Bernstein entscheiden!

Ich sprinte runter an die Anlegestelle. Ohne die Fähre kommen die drei unmöglich wieder zurück.

»Kira, Kira, wartet«, rufe ich laut, als ich drei unten am Rheinufer stehen sehe.

Meine drei Freunde reden gerade mit Herrn Naunheim. Als sie mich hören, drehen sie sich um. Völlig außer Atem komme ich bei ihnen an. Ich atme tief ein und aus, dann sage ich: »Ich fahre mit euch!«

»Cool!«, ruft Luca und Noah nickt.

»Du willst echt das tolle Schloss hier und deine ganzen neuen Freunde aufgeben und mit nach Bottrop kommen?«, fragt Kira. »Für uns?«

»Ja! Weil ihr nämlich meine allerbesten Freunde seid. Für euch würde ich alles tun!«

Kira überlegt einen Moment, dann umarmt sie mich. Und das fühlt sich verdammt gut an!

»Du bist auch meine allerbeste Freundin, Paulina. Aber du solltest dir das noch mal ganz genau überlegen. Das Schloss und so, das Internat ... Was ich damit sagen will ... ich war eben echt erst ein bisschen sauer, aber ich bin immer noch deine beste Freundin, wenn du hierbleibst. Und ihr auch, Jungs, oder?«

Luca und Noah schauen etwas dumm aus der Wäsche, aber dann nicken sie.

»Und ihr könntet eure Freundin auch ab und zu für ein Wochenende auf der Insel besuchen kommen«, mischt sich Herr Naunheim ein. »Freifahrt mit der Fähre sozusagen.«

»Echt?«, fragen Luca und Noah gleichzeitig und Herr Naunheim lacht.

»So tollen Freunden muss ich doch helfen«, sagt er. »Wenn ihr wollt, könnt ihr heute Nacht hierbleiben. Ich würde das für euch klären.« Er zwinkert uns zu. »Kleines Problem mit der Fähre oder so.«

Ich schaue Kira an und sie mich. »Ich hab dich echt lieb!«, flüstere ich.

»Und ich dich auch!« Sie hakt sich bei mir unter. »Und jetzt lass uns zusammen feiern gehen. Deine elitären Internatsschnösel sahen echt schräg aus.«

»Danke!« Ich strahle Herrn Naunheim an.

»Keine Ursache, wir Taubenfreunde müssen doch zusammenhalten.«

Ineinander eingehakt gehen wir zurück nach Europa. »Jungs, hier gibt es einen Geheimgang – und vielleicht sogar einen Schatz«, erzähle ich.

»Echt?« Natürlich sind Luca und Noah sofort Feuer und Flamme.

Vor dem Haus sitzt Prince auf dem Fußboden neben dem Eingang. In der Hand hält er das kleine Päckchen. Als er uns kommen sieht, springt er auf.

»Paulina, alles klar?«

»Der Vampir?«, flüstert Kira und ich nicke grinsend.

»Das sind meine Freunde aus Bottrop« erkläre ich Prince. »Sie wollen mit uns meinen Geburtstag feiern. Feierst du auch mit?«

»Klar!« Prince hält mir das Päckchen hin, aber Kira schüttelt den Kopf.

»Erst bin ich dran. Ihr Jungs könnt ja schon mal reingehen. Okay?«

»Hier!« Kira drückt mir ein längliches Kästchen in die Hand.

Ich entferne vorsichtig das goldene Glitzerpapier, in dem es eingepackt ist. »Ist das etwa …? Die ist ja schön!«

Kira lächelt mich an. »Warte, ich helfe dir.«

Sie legt mir vorsichtig die silberne Kette um. Ich greife nach dem kleinen Kreuz, das jetzt vorn an meinem Hals baumelt, und strahle Kira an. »Danke!«

»Jetzt bist du immer vor bösen Vampiren geschützt.«

Kira knufft mir in die Seite. »Auch vor so gut aussehenden wie dem eben. Alles Liebe zum Geburtstag, Paulina!«

Ich falle Kira um den Hals. Und dann rufe ich laut aus: »Du bist echt die alleralleralllerbeste Freundin der ganzen Welt!«

Andrea Russo, geboren im November 1968, studierte Kunst und Germanistik. Sie lebt mit Mann und Labradorhündin in Oberhausen. Die Inspirationen für ihre Kinderbücher verdankt sie ihrer mittlerweile schon erwachsenen Tochter, die früher jede Menge Flausen im Kopf hatte – und natürlich ihren Schülerinnen und Schülern. Andrea Russo schreibt seit 2009 für verschiedene Verlage und gab im Sommer 2014 ihren Beruf als Lehrerin in einer Förderschule auf, um sich in Zukunft ganz auf das Schreiben konzentrieren zu können.

Elli Bruder wurde 1980 geboren und hat schon als kleines Mädchen sehr gerne Bildergeschichten gezeichnet.
Seit dem Studium in Schottland und Freiburg arbeitet sie als Grafikerin und Illustratorin.
Sie lebt mit ihrem Mann, ihren Pferden, Hunden und Katzen im Pfälzer Wald.